Antoine de Nysse

LES AVENTURES D'UN JEUNE BOXER

D1513434

HACHETTE
Éducation

Conception graphique

Couverture : Sarbacane

Intérieur : Sarbacane

Mise en page

Illustrations

Couverture : Vincent Dutrait

Intérieur : Vincent Dutrait

Théo : Sylvie Chrétien

ISBN : 2.01.168103.0

Le roman

Les P'tits Romans Passeport
présentation

Bonjour, jeune ami, et mille excuses si je viens retarder ta distrayante lecture. L'on me nomme Théo.

J'habite à droite en sortant, au fond du P'tit Roman, dans une cabane de jardin qui me sert de cabane à outils et d'atelier. Et que faire dans un atelier, sinon y travailler. Eh oui ! je sais, la vie est parfois dure.

Voici la règle du jeu.

OPTION 1 :

Tu peux, si tu le désires, sauter les exercices (sur un fond couleur) et lire l'aventure jusqu'au bout, puis tout relire en faisant cette fois les exercices. Nul ne t'en voudra.

OPTION 2 :

Tu peux aussi ne lire *que* l'aventure, mais souviens-toi de ce qui est arrivé aux compagnons de Pinocchio, qui ne pensaient qu'à jouer et qui furent transformés en ânes...

Enfin, tu peux, au fil de ta lecture, effectuer des exercices faciles et distrayants ; c'est ce que je te conseille mais, bien entendu, c'est toi qui décides (enfin, toi et d'autres personnes, si tu vois ce que je veux dire...).

Allons-y, nous avons perdu assez de temps.

■ Première observation. Tu rencontreras dans le texte des mots suivis d'un astérisque, comme ça : cramenberre*. (Je sais, ça ne veut rien dire, c'est juste un exemple ; tu connais le sens du mot « exemple » ? Bon, c'est déjà ça de gagné...) Ces mots, tu les retrouveras en bas de page, où ils te seront expliqués.

■ Et puis, de temps à autre, je me permettrai d'interrompre ta lecture captivante pour te poser quelques questions dont le corrigé t'attendra dans **La cabane de jardin**. Mais, si tu ne trouves pas tout de suite la réponse, ne te jette pas sur le corrigé ! En effet, chaque fois que tu rencontreras ceci 27 en marge d'une question, va faire un petit tour à la fin du roman, dans **La caverne du savoir**, où tu pourras trouver de l'aide au numéro indiqué.

Bon vent, camarade !

Guerre des nerfs

– Je n'en peux plus, je n'en peux plus, je n'en peux plus ! hurlait Albert, le papa, je n'en peux plus !

– Qu'y a-t-il donc, mon chéri, dit calmement la maman, qui en avait entendu d'autres.

– Il s'agit de ta fille.

– Ce n'est plus la tienne ?

– Si ! Mais tu sais très bien ce que je veux dire. Ne cherche donc pas la petite bête ! (Expression malheureuse, comme on le verra sous peu.)

– Soit ! Alors, qu'a fait ma fille ? demanda la maman.

– Non pas ce qu'elle a fait, mais ce qu'elle fait. Elle me torture à petit feu depuis des semaines, que dis-je des semaines ? Depuis des mois pour avoir ce qu'elle désire.

– Ah oui ! Je vois ce que tu veux dire, admit la maman. Eh bien ?

– Eh bien ce sera non, non, non et non et toujours non. C'est clair ?

– Il est clair que ça ne veut pas dire oui.

– Fais de l'ironie… En tout cas, il faut que cela cesse ! Il faut que tu lui fasses savoir qu'aucun animal ne rentrera jamais chez moi !... Chez nous ! Cela suffit avec ta…

– Albert ! (Le papa s'appelle Albert, c'est pour cela que la maman l'appelle Albert, nous tenions à le préciser.) Fais bien attention à ce que tu vas dire !

– Bon, bon… Mais retiens bien ce que je viens de dire, et surtout explique-le-lui une fois pour toutes ! Et Albert sortit, toujours aussi en colère.

Nous allons, maintenant que nous sommes un peu au calme, reprendre posément cette histoire depuis le début. M. et Mme F*** ont deux enfants…

Comment les ont-ils appelés ?
(Hi... Hi... Hi...)

(Quel humour, Théo ! Vraiment, je m'en délecte chaque jour. Mais, si vous vouliez bien aller voir si le toit de votre cabane de jardin n'a pas quelque fuite, je vous en serais infiniment reconnaissant. Bon, que disais-je ? Avant que je fusse interrompu par ce champignon des bois…) Robin, qui est un garçon, et Marion, qui est une fille.

Marion a deux amies, Juliette et Manon. Marion a toujours aimé les animaux et, jusqu'à peu, cette manie était en somme assez inoffensive et ne dépassait pas les bornes. Mais voilà que, quelques mois avant que ne commence cette palpitante histoire, les parents de Juliette ont adopté Loulou et Zouzou, les caniches hystériques de leurs voisins partis faire fortune aux États-Unis (les voisins, pas les caniches !) ; quant à Manon, ses parents lui ont permis de garder le joli petit chat persan, Tchaï, que sa marraine lui a offert.

Le démon de la jalousie s'est donc installé dans le cœur jusque-là paisible de Marion, qui a décidé qu'elle aurait, elle aussi, un animal de compagnie.

Un samedi matin, alors que tout le monde était rassemblé autour de la table du petit déjeuner…

Marion. – Papa, maman, vous savez que Juliette a des petits chiens ?

Papa. – Non. <u>Mange</u> tes cornflakes !

Marion. – C'est pas des cornflakes, c'est des Crotshplitz !

Papa. – Mange tes Crountchprintz !

Marion. – C'est pas des Crouitzprountz, tu es bête, c'est des…

Maman. – Marion, je t'en prie, nous sommes samedi matin, un beau et long week-end s'étale devant nous, comme une plage au sable doré frangée de cocotiers sous le soleil des tropiques, alors laisse ton papa tranquille.

Marion. – D'accord. Maman, papa, vous <u>savez</u> comment s'appellent les chiens de Juliette ? Ils s'appellent Zouzou et Loulou. C'est marrant, non ?

Papa. – Très drôle. Mange tes Chtoum… tes Cloutch… tes céréales.

Marion. – Papa, maman, vous savez que Manon, enfin ses parents – ils sont sympas ses parents, surtout le papa – ont bien voulu que sa marraine leur <u>donne</u> un petit chat. C'est un persan bleu. Je n'<u>ai</u> jamais <u>vu</u> un chat aussi mignon !

Papa. – Au fait, Héloïse (La maman s'appelle Héloïse, c'est pour cela que le papa l'appelle Héloïse, nous tenions à le dire pour éviter toute ambiguïté*.), qu'est-ce qu'on mange à midi ? Je rêve d'un lapin à la moutarde.

Maman. – Ah non Albert, j'avais prévu de la purée en flocons et du jambon. Tu sais, le samedi, on n'a guère envie de cuisiner.

Papa. – J'en conviens. En semaine non plus d'ailleurs. Tu <u>pourras</u> peut-être y songer pour l'année prochaine…

Robin. (qui vient d'arriver, et qui ne sait pas où il met les pieds) – 'Jour. M'an, t'as acheté des Chocottos ?

Maman. – Mais vous ne pensez qu'à manger, c'est incroyable ! Marion, ma chérie, qu'est-ce que tu disais ?

Marion. – Je <u>disais</u> que mes deux meilleures copines ont eu des chiens et un chat. Alors, j'<u>aimerais</u> bien un chat ou un chien, ou alors un chien et un chat.

* **Ambiguïté** : confusion.

Bonjour, ami galérien, tu me reconnais ?
Tu ne m'as pas oublié ? Le contraire m'aurait
étonné !
   Nous venons de lire un dialogue, une sorte
   de scène, comme celles des pièces de théâtre.
Dans un dialogue, le temps le plus utilisé est le
présent (de l'indicatif, du conditionnel, du subjonctif,
de l'impératif). Mais, bien sûr, on peut utiliser d'autres
temps... ça va, tu me suis ? Bon, admettons...

❶ **Je vais donc te demander de donner le temps
et le mode des verbes soulignés.** `10`

Puisque tu as l'air en pleine forme, on poursuit
sur notre lancée...

❷ **Pourrais-tu, malgré les obstacles dressés sur ta route,
récrire la réplique de Robin en utilisant un autre niveau
de langue ?** `8`

Un lourd silence, lourd comme un hippopotame adulte ou un éléphant bien nourri, tomba sur la table du petit déjeuner familial. Chacun sentit que rien ne serait jamais plus comme avant.

Et, de fait, rien ne fut plus comme avant. Car, à dater de ce jour terrible, Marion, tel un général, mena une campagne de chaque instant, organisa un siège en règle : il y eut les grands soupirs chaque fois que l'on voyait un chat ou un chien à la télévision – c'est fou le nombre de chiens ou de chats que l'on peut voir en une seule journée à la télévision –, voire une hyène ou un chacal ; puis les photos, découpées dans les journaux, qui décorèrent sa chambre ; ses peluches qu'elle ne quittait plus, les portant dans ses bras, les câlinant, les faisant déjeuner à côté d'elle ; les anecdotes* continuelles – matin, midi et soir – sur les faits et gestes de Loulou, Zouzou et Tchaï. Puis, comme personne ne semblait faire attention à cela – ce n'était qu'une apparence, bien sûr, parce que dans la famille, une personne au moins commença à paraître un peu nerveuse, irritable, criant pour un oui pour un non, se coupant avec son rasoir, renversant le café sur sa plus belle cravate, se plaignant de maux* d'estomac dus à un ulcère réveillé, etc. –, Marion passa des escarmouches à l'artillerie lourde : crises de nerfs, crises de pleurs, accusations gravissimes* (« Personne ne m'aime ! »), mauvaises notes à l'école, bouderies interminables.

---

* **Anecdote** : petite histoire.
* **Maux** : pluriel de mal (un mal d'estomac, des maux d'estomac).
* **Gravissime** : très grave.

Mais l'ennemi était tenace, ou plutôt, comprenant qu'il ne servait à rien de lutter en combat régulier contre un ennemi supérieur en nombre et bien armé, il usa d'une vieille ruse, le repli stratégique*.

Chaque fois que quelqu'un parlait d'un animal, fût-ce d'une mouche, il fuyait lâchement et disparaissait dans la nature.

– Nom d'un chien… ! disait l'un… Zzouu… ! Disparu.

– Il fait un froid de canard, disait l'autre… Wouash… ! Enfui.

– J'ai une faim de loup, disait le troisième… Puizz… ! Envolé.

C'était devenu l'homme invisible, le guerrier de l'ombre, le ninja aux yeux bleus, le courant d'air personnifié ! On commençait une conversation, pendant un repas ou devant la télévision et, d'un seul coup, quelqu'un évoquait un zèbre, ou un ornithorynque, ou un okapi, ou un tamanoir, bref le genre d'animal qui revient très souvent dans une conversation entre honnêtes gens, et paf ! il était là la seconde d'avant, pif ! il n'était plus là la seconde d'après.

---

* **Stratégique** : comme un stratège, un chef d'armées.

Dans ce duel à mort, chacun se chercha donc des alliés, et voici le tableau des forces en présence :

Marion. N'en parlons pas, elle est pour à trois mille pour cent.

Maman. On ne peut pas dire que l'idée d'un animal domestique enchante madame, à part peut-être un poisson rouge, ça non. Mais enfin, pour faire plaisir à Marion, maman acceptera, comme elle accepte beaucoup de choses, car le cœur d'une maman est un océan de tendresse (Quelle belle métaphore*, non ? J'en ai la larme à l'œil… Snif, snif… On croirait lire un livre…).

Robin. Le cas Robin est un peu plus compliqué. Sur le principe, Robin est plutôt favorable. Il aime bien les chats, et surtout les chiens, les gros, les très gros. Mais puisque cela fait tellement plaisir à Marion, ça ne peut pas lui faire tellement plaisir à lui, c'est logique. D'ordinaire, quand Marion est pour, il est contre, et quand Marion est contre, il est pour, c'est très logique. (Attention, il faut nuancer : si Marion veut aller au cinéma ou voir des lions dans un parc,

* **Métaphore** : sorte de comparaison, d'image.

il ne va pas être contre, bêtement, juste pour embêter le monde, ce serait idiot, mais on parle en général, hein…)

Dans le cas d'espèce dont nous parlons ici même en ce moment et pour ce qui concerne l'objet de notre sujet auquel nous nous référons présentement, nous dirons que Robin est partagé, mais que la balance penche plutôt du côté du « oui ».

Reste, on s'en doute, le gros morceau, l'obstacle infranchissable, la forteresse imprenable, le colosse aux pieds d'airain*, le lutteur indomptable, la brute bornée, le diplodocus au cerveau gros comme un pois chiche, le pudding indigeste… (liste à compléter selon ses préférences et selon le camp que l'on aura choisi).

(Par parenthèse, quand nous disons « gros morceau », ce n'est bien sûr qu'une expression, une image, même si, dans la famille, il est de bon ton de se moquer du ventre un peu arrondi du chef de famille…)

Là, on l'a bien compris, c'est non, no, niet, nein, nu, nema, nwaf, nork, nogolo, etc. (Les polyglottes*

---

* **Airain** : autre nom du bronze, alliage de métaux dont sont faites certaines statues.
* **Polyglotte** : qui connaît plusieur langues.

17

pourront bien sûr retrouver la langue d'origine de tous ces adverbes négatifs de négation, mais pour les aider nous pouvons dire qu'il y a là, entre autres, du moldo-valaque, du patchoum, du bas siamois, de l'algonkin classique, et même un dialecte très rare, tellement rare qu'il n'est parlé par personne, issu de la vallée inférieure du Chikitimi.)

Bref, il ne veut pas, il refuse, il nie, il dénie, il rejette, il abomine, il rebique, il brise, il invalide, il repousse… (C'est fatigant, hein ? Et ça ne fait rire personne, mais que veux-tu, c'est plus fort que moi…)

Il a raison, le grand chef ; si ça le fait rire, hein, tant mieux pour lui ! Mais nous aussi, mon jeune ami, on peut s'amuser.

❸ **Pourrais-tu me dire quel mot l'on emploie pour désigner des termes de même sens, ou de sens proche, comme « refuser », « rejeter » ? On dit que ce sont des ……, des …… .**

`1`

La situation était donc sans issue, et certains ajouteraient qu'elle était dans l'impasse. La guerre à outrance menée par Marion ne servait à rien puisque l'ennemi rompait, fuyait le combat et se retirait dès qu'on faisait mine de l'attaquer. Il fallait trouver autre chose ! Et, comme souvent, c'est la chance qui vint au service de l'assaillant, mais chance mise à profit par la ruse et la vaillance, ainsi qu'on peut le voir dans l'exemple classique, connu de tous les historiens, de la prise du château de Kobé, en 1322, assailli par les troupes du seigneur Suzuki et défendu par les bataillons du seigneur Yamaha. On sait aussi ce qui arriva lorsque le château d'Emmenthal, investi* par les paysans révoltés contre leur prince-évêque, fut envahi durant la nuit grâce à plusieurs trous percés dans la muraille par lesdits paysans, qui infligèrent alors aux assiégés une belle raclette, comme on dit depuis dans le pays. Bref, un samedi soir… Mais attends, je vais d'abord changer de chapitre.

* **Investi** : entouré, encerclé (et non pas envahi).

Austerlitz et Waterloo[*]

Un samedi soir, ou plutôt un vendredi en fin de journée, à moins que… Non, finalement, c'était bien un mercredi matin à 19 heures 23, on sonna à la porte d'entrée :

« Ding, ding, dong… »

Non, c'était plutôt :

« Ding, dong, ding… »

Robin, qui était de service, alla ouvrir la porte évoquée ci-dessus, dans ce même chapitre, et se trouva nez à nez avec plusieurs personnes.

On ne peut pas dire qu'il fut surpris puisqu'il s'agissait des invités, et que l'invitation avait été lancée depuis une semaine au moins.

– Bonjour, dit Robin avec l'à-propos qui le caracté-

* **Austerlitz et Waterloo :** grandes batailles napoléoniennes ;
Austerlitz est une victoire et Waterloo est une défaite.

risait et qu'il tenait, paraît-il, de son oncle Frédéric, dit Fred.

– Bonsoir, répondit l'un des invités avec non moins d'à-propos, qu'il tenait, dit-on, de son arrière-grand-mère, une certaine Eugénie Mouchoud, native d'Issoire.

La maman invitée dit :

– On est un peu en retard, je crois.

Tandis que le papa invité, qui allait dire « On est peut-être un peu en avance », ferma sa bouche et se tut.

– Entrez, je vous en prie, ajouta Robin, qui était bien élevé.

La famille invitée entra. Il y avait donc la maman invitée, le papa invité, et leurs deux filles, Julie et Lætitia, que Robin et Marion détestaient du fond du cœur, Marion les traitant même (chacune) de « petite fille à sa maman », ce qui était l'injure suprême.

Il faut dire, pour expliquer ce sentiment, que Julie et Lætitia se tenaient particulièrement bien chez leurs hôtes ; on les posait sur un fauteuil en arrivant et on les retrouvait à la même place en partant, ce qui était très reposant, surtout pour les parents qui avaient invité la famille. Elles ne se jetaient pas goulûment* sur les cacahouètes et les biscuits apéritifs, en s'envoyant coup sur coup huit grands verres de coca, comme un naufragé qui a passé six mois à dériver sur l'Atlantique ; elles ne disaient pas toutes les cinq minutes « Kensékonsenva ? » ou ne s'installaient pas dans une chambre pour lire des Tintin toute la soirée. Bref, des enfants comme tous les parents qui invitent aimeraient en recevoir – et les parents de nos deux amis ne se privaient pas de faire savoir à quel point ils avaient trouvé les deux fillettes « adorables, gentilles, raisonnables, bien élevées, etc. » – et c'est ce qui explique la réaction de Robin et Marion.

Le reste de la maison arriva alors à la rescousse de Robin, qui commençait à être un peu à court de conversation. Cinq minutes passèrent à s'embrasser, à se serrer les mains, à dire « mais il ne fallait rien apporter » ou à échanger d'affreuses banalités. Puis on alla s'asseoir dans le salon, devant une table basse

* **Goulûment** : comme un glouton, un goinfre.

qui portait des bouteilles d'apéritif, des biscuits apéritifs et des verres pour l'apéritif.

On commença par bavarder, on continua par l'inévitable « Keskejevousser ? », avant de recommencer à bavarder :

« Le boulot, oui, ça va, bla bla… Je disais justement à Machin, le directeur du développement, bla bla… Quel temps affreux, bla bla… Oui, elle a arrêté le piano, parce que, bla bla… »

C'est ça, bla bla, c'est toujours moi, bla bla, ton, bla bla, ami, bla bla, Théo, bla bla, et on, bla bla, va, bla bla, faire, bla bla, un petit, bla bla, exercice, bla bla, ensemble, bla bla. Ça te fait pas rire ? C'est bien dommage…

❶ Bon, si tu as lu ce qui précède, tu as sans doute remarqué (quoique…) que deux phrases interrogatives sont écrites bizarrement. Je te propose donc de les retranscrire dans leur forme normale (sans oublier la ponctuation !) :

a) ……   *b)* ……

Marion et Robin s'étaient assis un peu en retrait, doublement coincés. Ils ne pouvaient s'en aller et faire honte à leurs parents puisque les deux potiches ne bougeaient pas un cil et ils ne pouvaient pas se resservir puisqu'elles ne buvaient rien et qu'elles s'étaient contentées d'une cacahouète chacune. Ils regardaient avec désespoir les excellents toasts, qu'ils avaient passé deux heures à préparer, disparaître les uns après les autres alors qu'ils devaient répondre « Non merci ! » chaque fois que les assiettes leur passaient devant le nez.

Pourtant, pourtant, ils furent – surtout Marion – amplement récompensés de ces modestes sacrifices : nous disons « modestes » parce que, en préparant les toasts, ils en avaient mangé deux chaque fois qu'ils en beurraient un, et qu'ils étaient un peu gavés.

Soudain, au beau milieu de la conversation, il y eut un silence extraordinaire, certains auteurs disent « minéral », quand ils n'ont rien d'autre à dire.

Que s'était-il passé ? Que s'était-il dit ? Vous le saurez, chers auditeurs, en écoutant demain la suite de notre grand feuilleton radiophonique, « Au-delà du réel ».

Il s'était dit la chose suivante :

La maman invitée : – Au fait, j'ai une commission de la part de ma belle-sœur – la femme de mon frère, pas la sœur de mon mari. Figurez-vous qu'ils ont une magnifique chienne boxer…

Et c'est là que prit place le fameux silence minéral, ou végétal, si ça vous fait plaisir. Un qui fut un peu coincé, pour le coup, c'est le fameux lutteur indomptable dont nous parlions plus haut. Il avait tellement pris l'habitude, jour après jour, de jouer la fille de l'air et de prendre la poudre d'escampette dès que le nom d'un animal résonnait à son oreille qu'il se leva à moitié, mû par un mouvement réflexe, mais, se rendant compte qu'il était au milieu de ses invités, il rougit, puis se rassit en maugréant quelque chose que personne ne comprit mais que nous, qui savons tout, pouvons traduire par :

« Tu as de la chance, toi qui me parles de chienne boxer devant moi, chez moi, que je sois un être doux, calme et civilisé, sinon je t'aurais déjà assommée avec le cendrier en verre qui pèse trois kilos. »

Heureusement, comme nous l'avons déjà dit, et sans crainte de nous répéter, on n'entendit que ceci, ou à peu près :

« Grouaffmgneu… »

Bien sûr, les quatre invités, et surtout les deux petites filles modèles (très joli roman, ça, d'une collègue que j'aime beaucoup, et qui écrit très bien, elle…) regardèrent d'un drôle d'air leur hôte, qui se levait à moitié sans que l'on sache pourquoi tout en faisant « Grouaffmgneu… » comme le phacochère à

la saison des amours, avant de se rasseoir tout aussitôt. Il se rendit compte d'ailleurs de l'incongruité* de sa conduite, qu'il expliqua de la façon suivante, claire et concise :

– Ce n'est rien… J'ai cru… Abeille… Piqûre… Drôle non… ? Ha ha…

La maman invitée fit semblant de n'avoir rien entendu et reprit :

– Je disais donc que ma belle-sœur, et mon frère, ont une magnifique chienne boxer, qui s'appelle Edna, un curieux nom pour une chienne soit dit en passant, mais bon… Et Edna vient d'avoir huit adorables petits chiots boxers. Si vous en voulez un, il est à vous !

« Heuahhh… !!! »

Là, ce n'était plus le phacochère à la saison des amours, mais le buffle myope qui vient de percuter à haute vitesse un éléphant qu'il n'avait pas vu en sortant d'un parking. Le phacochère…, pardon l'Albert – on se souvient que le papa de Marion et Robin s'appelle Albert – en avait pris un sacré coup dans les défenses et, comme on le regardait maintenant

* **Incongruité** : inconvenance.

d'un regard non plus surpris mais inquiet, il se donna une contenance en vidant son verre d'un trait. Malheureusement pour lui, le verre ne contenait pas de l'eau mais du whisky pur, et on put le voir pâlir, puis rougir, puis repâlir, verdir, rerepâlir, avant que deux grosses larmes ne sortent de ses yeux. De plus, comme il avait envie de crier « Râââhh… », mais qu'il avait déjà dit « Grouaffmgneu… » et « Heuahhh… !!! », il ne pouvait plus rien dire, à moins de voir ses invités se sauver en courant avant de téléphoner à l'hôpital psychiatrique le plus proche.

Et c'est là que Marion eut un trait de génie. Elle sentit qu'une occasion de victoire se dessinait, comme Napoléon voyant à Austerlitz les Russes, les Autrichiens et les Pruchiens… (pardon, je ne le ferai plus…) se masser sur les hauteurs du plateau de Pratzen. Une occasion unique, comme il ne s'en présenterait plus. Alliant la rapidité du cobra au coup d'œil de l'aigle, la ruse du renard à la férocité du tigre, Marion porta l'estocade et acheva la bête blessée qui râlait sur son fauteuil.

Elle dit à toute vitesse :

– Mercimadameonacccepteçafaitlongtempsquepapa
etmamanveulentquejaieunanimalenplusonadoreles
chiensboxerssurtoutpapaildittoujoursquecestlechien
quilpréfèrequandestcequonpeutallerlechoisir.

– Pardon ?

Alorsvoilàcequejeteropose ; excuse-moi !
Alors, voilà ce que je te propose.

❷ **Puisque Marion a parlé un peu vite,
il faut récrire le texte en séparant les mots,
et en rétablissant la ponctuation, pour que la maman
invitée comprenne, sinon le roman s'arrête là,
ce qui serait dommage.**

– Ah oui, je comprends mieux ! Merci ! Mais quand
tu veux, ma chérie. Tiens, Jacques, passe-moi le por-
table ; je vais tout de suite appeler Élisabeth pour lui
dire que j'ai réussi à en placer un, et peut-être deux…
Alors là, il faut le reconnaître, la bête blessée, au prix
d'un effort surhumain, réussit, malgré ses cordes
vocales et son larynx chauffés à blanc, à dire :

– Nooon… Nooonn…

– Bien sûr, bien sûr, concéda la maman invitée, je comprends. Deux, c'est peut-être trop ; un, c'est déjà bien…

– Surtout un boxer, ajouta de façon sibylline* son mari qui, jusqu'ici, n'avait pas dit grand-chose, comme tu l'as peut-être remarqué.

– Il plaisante, dit la maman invitée, qui le foudroya du regard. Allô, ma chérie ? Babeth ? Babette ? Oui c'est moi… Voilà, j'ai trouvé une famille d'accueil pour un de tes petits monstres, des gens charmants qui ont des enfants adorables et une super maison en bordure de la forêt… Ton petit protégé sera là comme un coq en pâte ! Quand peuvent-ils venir chercher la petite bête ? Quand ils veulent, tu ne bouges pas, mais de préférence demain après-midi, à 16 heures 30. O.K. ? demanda-t-elle à Héloïse. O.K. ! reprit-elle sans attendre la réponse. Fais un gros poutou pour moi à Edna, et un autre à petit frère. *Ciao bella* !

Voilà, tout était dit, l'inéluctable était en route, le Destin avait frappé sur la porte de sa lourde masse de fer.

* **Sibyllin(e)** : obscur(e), mystérieux(se) (la Sibylle était une devineresse).

Marion, maintenant qu'elle avait obtenu ce qu'elle désirait depuis si longtemps, était un peu effrayée. Jour après jour, elle s'était enfoncée dans son désir, ou dans son caprice, sans vraiment en mesurer toutes les conséquences, sans savoir si elle en avait vraiment envie, et voilà qu'elle touchait au but. Le long chemin qui y menait avait disparu et il ne restait plus que ce but : un petit animal qui l'attendait quelque part, dont il faudrait s'occuper, qui serait beaucoup de choses pour elle, et pour qui elle serait tout. Aurait-elle la force, le courage, la volonté ? Graves questions que doivent se poser tous ceux qui veulent avoir un animal de compagnie.

C'est en ruminant ces pensées qu'elle attendit le lendemain, avec une impatience mêlée d'une pointe d'inquiétude.

Dans la maison, d'ailleurs, quelqu'un d'autre se coucha en proie à des sentiments mêlés : c'était la bête blessée qui, lorsque les invités furent repartis, et lorsqu'il eut récupéré l'usage de ses cordes vocales, montra qu'il savait s'en servir. Le barrissement de l'éléphant, le meuglement du taureau, le rugissement du lion, le ricanement de l'hyène, le feulement du tigre, le croucrouchement du brouthypier n'étaient rien à côté de ce qu'entendirent les occupants de la maison, qui se mit à ressembler au zoo de Vincennes juste avant le repas des fauves.

Inutile d'essayer de retranscrire ce qui sortit du gosier de la bête blessée puisque personne n'acceptera de l'imprimer :

« Trahi par les siens… Des Judas*… Des Brutus*… » Tel était, en gros, et en très beaucoup infiniment adouci, le leitmotiv* de ce discours fiévreux que le reste de la maison dut subir jusqu'à l'heure du coucher. Et puis, comme tout finit par passer, comme la fatigue commença à terrasser même le guerrier indomptable, comme il était fort tard, comme chacun sentait bien qu'il n'y avait plus rien à faire, le calme revint enfin, et le bruit et la fureur cédèrent la place au silence bienfaisant de la nuit qui porte conseil.

* **Judas** : il a trahi le Christ.
* **Brutus** : il a trahi César.
* **Leitmotiv** : répétition.

III

Le petit nouveau

Ding dong !

Il était 16 heures 30 et ils attendaient tous les quatre devant la porte d'entrée de la grande maison qui abritait Edna, ses chiots et leur maîtresse ; Marion au premier rang, bien sûr, avec Robin à côté d'elle, un peu en retrait, puis Héloïse et enfin, carrément derrière, Albert, qui grinçait des dents.

La sonnerie avait déclenché des aboiements furieux, un concert de jappements, des cris et une course dans le couloir jusqu'à la porte d'entrée, qui s'ouvrit sur une femme entre deux âges, mais plutôt sur le deuxième, vêtue d'une robe longue, style Katmandou, qui les accueillit chaleureusement et les invita sans tarder à venir voir ses petites merveilles.

Edna était couchée dans son panier, dans un coin de l'immense cuisine où on les fit entrer. Marion ressentit une étrange impression, un peu semblable à celle qu'elle éprouvait au matin de Noël, en découvrant les jouets devant le sapin.

Elle s'approcha doucement, surveillée par Edna, et découvrit, émerveillée, huit peluches autour de la chienne.

– Mais, dit-elle, ils ne sont pas de la même couleur !
La dame se mit à rire.

– Tu as raison, ma chérie. Le papa est un boxer bringé, c'est-à-dire, si tu veux, rayé, et la maman, comme tu le vois, est de couleur jaune ou fauve, unie. Il y en a cinq qui ressemblent à la maman, et trois au papa.

– <u>C'est les garçons qui sont rayés ?</u> demanda Marion.
La dame rit de nouveau.

– Non, cela n'a rien à voir. Il y a quatre mâles et quatre femelles, mais de couleurs différentes. Lequel veux-tu ?

– <u>Je ne sais pas</u>…, dit Marion.

– <u>Prends-les tous alors !</u>

Là, il y eut un drôle de bruit, une sorte de couine-
ment désespéré, qui fit se retourner la dame, qui
comme on le sait, s'appelle Élisabeth.

– Vous dites, cher monsieur ?

– Je n'ai rien dit, rien du tout !

Héloïse vint au secours d'Albert.

– Madame, c'est la première fois que nous prenons
un animal chez nous et nous ne savons pas très bien
comment le choisir. Si vous pouviez nous aider…

– Mais bien sûr, je suis là pour ça. Voyons, ma
chérie, dit-elle en se penchant vers Marion, pour
commencer… veux-tu un mâle ou une femelle ?

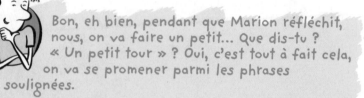

Bon, eh bien, pendant que Marion réfléchit, nous, on va faire un petit... Que dis-tu ? « Un petit tour » ? Oui, c'est tout à fait cela, on va se promener parmi les phrases soulignées.

1 **Range-les (les phrases soulignées, bien sûr !) sur la bonne ligne.** 3
a) Phrase déclarative : ......   **c) Phrase interrogative :** ......
b) Phrase impérative : ......

Quel est le mode utili... Pardon... ? Tu n'as pas encore terminé de répondre à la question précédente ? Je recommence !

2 **Quel est le mode utilisé dans la phrase b) ?**

C'est bon ? Très bien. On poursuit donc.

3 **Peux-tu mettre cette phrase à la forme négative ? MERCI !** 3

– Un garçon, dit fermement Marion.

– Bien. Voilà déjà un point d'établi. De quelle couleur ?

– Fauve, dit Marion.

– Bringé, dit en même temps son frère, à qui on n'avait rien demandé, et vers lequel chacun se tourna.

– C'est mon chien, dit Marion. Occupe-toi de tes affaires !

– C'est pas « ton » chien, il va vivre chez nous, ce sera « notre » chien !

– Les enfants ! Les enfants ! s'interposa Élisabeth. Attendez ! Adopter un animal, c'est un moment de joie dans une maison… N'est-ce pas, cher monsieur ?

– Grouph…

– Vous voyez, les enfants, dit la dame, qui avait pris le cri de douleur du lamantin qui vient de se faire mordre la couenne par un phoque, pour un signe d'assentiment… Un moment de joie et non une occasion de dispute. Pourquoi veux-tu un boxer bringé ? demanda-t-elle à Robin.

– Je… Je ne sais pas, c'est plus joli, plus rare…

– Mais non, cria Marion, on dirait des cochons corses ! La dame eut un sourire un peu crispé.

– Elle est amusante, cette petite… Laissons ce point de côté pour l'instant. Regarde bien tous ces chiots, Marion ! C'est bien Marion, n'est-ce pas ?

– Oui madame !

– Y en a-t-il un vers lequel tu te sens plus particulièrement attirée, quelle que soit la couleur ?

– Non, ils se ressemblent tous, à part la couleur.

– Je ne suis pas tout à fait d'accord, mais peu
importe. Et vous, cher monsieur, y en a-t-il un que
vous aimez particulièrement, pour lequel vous éprou-
vez une sorte de… comment dire ? de sympathie ?

Le reste de la famille se retourna vers Albert avec
inquiétude, comme s'il allait dire :

– Non, non, de toute façon, une fois rôtis à la broche,
ils ont tous le même goût.

Ou :

– Je les prends tous, j'ai envie d'un manteau en peau
de boxer ; le dalmatien, c'est commun.

Mais Albert savait se tenir et il répondit, de façon très
diplomatique, et au grand soulagement de sa famille :

– On prendra celui que les enfants choisiront.

Alors commença un moment long et <u>pénible</u>.
Chacun avait son préféré, qu'il défendait avec des
arguments aussi stupides les uns que les autres. Albert
avait bien émis une théorie :

« Il faut éloigner les chiots de la mère. Celui qu'elle va chercher en premier, c'est le plus beau, le plus fort, le plus intelligent, le plus résistant, etc. »

Mais, quand il s'approcha du panier pour éloigner les chiots, Edna baissa les oreilles et fit entendre un grondement tel que l'amateur de théories éthologiques* retira sa main à la vitesse du cobra en retard et se retira dans un coin et de la conversation. Élisabeth, elle, un sourire un peu coincé sur le visage, avait l'air amusée-indulgente-impatiente-agacée-nerveuse, dans cet ordre-là, au fil des minutes.

Comme toujours, c'est la maman – car, dans une maison, les femmes en général, et les mamans en particulier, sont le bon sens personnifié – qui dénoua la crise. À la surprise de tous, elle dit à la dame aux chiens :

– Celui-ci, c'est un mâle ?

– Absolument.

– Alors on prend celui-là.

Et elle dit cela d'un ton qui fit comprendre à tous que c'était celui-là, que ce serait celui-là, et qu'il n'y avait plus à revenir là-dessus.

* **Éthologique** : l'éthologie étudie le comportement des animaux.

Et c'est ainsi que, emporté dans la <u>vieille</u> couverture que l'on avait apportée pour cela, un <u>jeune</u> chiot boxer entra dans le sein de la famille F***, et qu'il devint <u>le héros des aventures subséquentes</u>.

Non ! Mais où va-t-il chercher des mots comme ça ! « Des aventures subséquentes » ! Je te demande un peu ! Il ne pourrait pas dire, comme tout le monde, « des aventures qui suivent » !
Donc, cher ami, nous allons faire l'exercice subséquent, n'est-ce pas ? Tu veux bien ?
Tu es a-do-ra-ble !

④ Peux-tu, mon petit chou, à la tête de hibou, me dire quelle est la fonction des mots ou groupes de mots `7` **soulignés ? Pour t'aider, sinon on est encore là à la saint-glinglin, je te donne même le nom de ces fonctions :**
Épithètes : ......
Attributs : ......

Et, en échange de ce service, tu vas relever les verbes qui se trouvent avant les attributs.

⑤ Comment appelle-t-on ce type de verbes ? `7`

Ça commence bien

« Wiii… wiii… wiii… »

– Héloïse !

– Quoi ?

– Héloïse, tu entends ?

– … ?

« Wiii… wiii… wiii… »

– Tu n'as rien entendu ?

– Oui, il me semble, et après ? Tu sais quelle heure il est ?

– C'est peut-être un cambrioleur qui essaie de rentrer dans la maison… Ou des souris… Ou la télé qui est restée allumée…

– Mais non, c'est le chien… Dors !

« Wiii… wiii… wiii… »

– Le chien ! Quel chien ? Ah mon Dieu ! C'est vrai, j'avais oublié… Quelle horreur ! Un chien ! Le chien ! Ce chien ! Nom d'un chien !

« Wiii… wiii… wiii… »

– Non mais attends ! Il ne va pas hurler comme ça toute la nuit ! Je travaille, moi, demain !

– Pour l'instant, Albert, c'est toi qui hurles, et qui vas réveiller les enfants ! Lui, il geint, le pauvre, il est tout seul, loin de sa maman, de ses frères et sœurs, comme moi quand je me suis mariée, loin de mon panier natal. C'est normal qu'il pleure ! D'ailleurs, écoute, on ne l'entend plus !

« Wiii… wiii… wiii… »

– Enfin, presque plus. Dors, et laisse-moi dormir !

« Wiii… wiii… wiii… »

– Non, non et non, ça ne peut plus durer. Fais quelque chose, ou je vais le mettre au fond du jardin, dans la cabane des enfants, ou au frigo !

– Bon, d'accord, je vais faire quelque chose.

– Qu'est-ce que tu vas faire ?

– Ça, tu le verras bien !

Ah là là ! Sacré Albert ! « Au frigo » ! Il me fait rire, tu peux pas t'imaginer, j'en ai les larmes aux yeux ! Mais bon, on va quand même pas rester là à se bidonner comme des cachalots alors qu'il y a tant de choses à faire. Tu vois ce que je veux dire. Non, tu vois pas. Tu veux peut-être mes lunettes ? Pas de chance, je n'ai pas de lunettes !

❶ **As-tu entendu parler, au hasard d'une belle journée, des articles ? Ça tombe bien. Et les déterminants ? Vaguement… Très bien. Fais donc correspondre le truc et le machin :** 6

Le (chien) •	• **Déterminant article défini contracté**
Quel (chien) •	• **Déterminant possessif**
Ce (chien) •	• **Déterminant démonstratif**
Un (chien) •	• **Déterminant exclamatif**
Sa (maman) •	• **Déterminant article défini**
Au (frigo) •	• **Déterminant article indéfini**

Héloïse alluma sa lampe de chevet, passa une robe de chambre et en sortit (de la chambre, bien sûr !). Albert se renfonça voluptueusement sous les draps et les couvertures, certain que tout allait rentrer dans l'ordre. Il lui sembla même qu'il n'allait pas tarder à sombrer dans le doux sommeil, puis rêver à un monde où il n'y aurait ni chiens, ni chats, ni vaches, ni veaux, ni cochons, ni couvées…

Clac !

Le bruit de la porte se refermant, poussée d'une main, comment dirions-nous, énervée, le réveilla.

– Voilà, le problème est réglé !

– Tant mieux, tant mieux, tu es formidable ma chérie !

– Merci.

Albert n'entendit même pas ce dernier mot, car il avait resombré dans le sommeil.

« Wiii… wiii… wiii… »

Albert ouvrit tout grand les yeux, regarda machinalement le cadran vert phosphorescent du radioréveil : quatre heures et quart !

Il referma les yeux. Ce n'était donc qu'un cauchemar ! Un horrible cauchemar, le pire des cauchemars, celui qui semble vrai. Il avait de nouveau entendu le piaillement du petit monstre mais, cette fois-ci, non pas assourdi par les milliers de kilomètres qu'il y avait entre son lit, sa chambre et la cuisine, mais tout proche, là, dans la chambre, à côté du lit, à côté de son lit, de son côté à lit… à lui !

« Wiii… wiii… wiii… »

Non, ce n'était pas possible… La vérité se fit jour – si l'on peut dire cela à quatre heures du matin – dans l'esprit encore embrumé de l'Albert.

En attendant que la vérité se fasse jour dans l'esprit, etc., etc., on va réfléchir au mot « jour ». Ce mot a beaucoup de sens et beaucoup d'emplois (on dit qu'il est polysémique). **2**

❷ Trouve les mots qui manquent dans les phrases suivantes :

a) Le savant avait réussi à …… au jour une splendide statue.

b) J'ai enfin pu …… à jour mes notes.

c) Il a tout réussi ce matin-là : il était dans un jour de …… .

d) Cet enfant progresse de jour en …… .

e) « Allonz-enfants de la patri-i-euu, le jour de …… est arrivé… »
(La Marseillaise.)

– Héloïse, qu'est-ce que tu as fait ?

– Mais rien. J'ai simplement monté le chien pour qu'il se taise, et d'ailleurs il s'était tu.

Albert, bien réveillé ce coup-ci, alluma sa lampe de chevet, se redressa et regarda.

En effet, à côté du lit, il y avait bien le carton de boîtes de conserve (sans les boîtes), au fond duquel on avait posé la couverture et, sur la couverture, le chien, bien réveillé lui aussi, qui se dressait sur ses petites pattes de derrière et qui couinait de plus en plus fort.

« Wiii… wiii… wiii… »

– Je deviens fou, dit Albert, je suis en train de devenir fou, et je m'enfonce dans la nuit de la folie, un peu plus loin à chaque minute, seul, tout seul, et personne ne peut m'aider…

Et Albert se mit à couiner « Wiii… wiii… wiii… » dans une mauvaise imitation du malheureux chiot qui, ayant entendu l'un des siens, reprit de plus belle « Wiii… wiii… wiii… ».

Du coup, ce fut Héloïse, qui n'aimait pas les duos canins au milieu de la nuit, on se demande pourquoi, qui s'emporta :

– Albert, je t'en prie, arrête de faire l'imbécile !

Ce disant, elle se leva, contourna le lit, prit le chien avec sa couverture, et posa le tout au pied du lit, sur le couvre-lit (on aura compris que toute la scène se passe dans et autour du lit).

– Que… Que que… què que… qué que… qu'est-ce que tu as fait ? Héloïse, qu'est-ce que tu as fait là ?

– J'ai mis le chien au pied du lit, il va se sentir en sécurité, il va arrêter de crier, il va s'endormir, tu vas t'endormir, je vais m'endormir, nous allons nous endormir…

Et, ayant ainsi conjugué un bon morceau du verbe « endormir », sous sa forme pronominale, Héloïse, un tantinet énervée, se rencogna dans sa moitié de lit et se tut.

Albert attendit quelques minutes. Il sentait, sur ses pieds, ce poids inhabituel et n'osait bouger, de peur de faire valdinguer l'encombrant colis, et de réveiller la bête qui semblait, en effet, s'être enfin endormie.

Avec précaution, il remonta ses jambes pour échapper à ce poids, se tourna sur le côté, en chien de fusil (on ne pouvait pas échapper à celle-là, hein ?) et se laissa emporter par le sommeil.

« Aââârgh… !!! »

Le cri du mammouth frappé à mort par les sagaies à pointes dentelées d'une demi-douzaine d'hommes de

Cro-Magnon traversa, tel un dard, les ténèbres de la maison pour aller réveiller, dans la forêt lointaine, sangliers, renards, hiboux, cerfs, biches, chevreuils, coucous, panthères, ouistitis et anacondas.

Héloïse, réveillée en sursaut, alluma sa lampe de chevet, pour la vingtième fois de la nuit.

Albert était au beau milieu de la chambre et se tenait l'oreille.

– C'est horrible, disait-il, c'est horrible, j'ai rêvé qu'une chauve-souris géante, un vampire du Kerala, ou un truc comme ça, me mordait l'oreille pour boire tout mon sang.

Héloïse rabattit le drap et l'on vit alors le petit boxer, confortablement couché sur l'oreiller d'Albert, qui dormait enfin paisiblement.

Le nom du boxer

Quelques jours plus tard, tout rentra quelque peu dans l'ordre, car l'on était arrivé à une solution de compromis. Le chiot ne coucherait plus dans le lit des parents et ne viendrait plus mordiller les oreilles du père de famille, mais il obtenait de rester dans la chambre, sur un bel édredon retrouvé au grenier, qui avait remplacé le carton de boîtes de conserve.

Ainsi rassuré, il ne piaillait plus, ou rarement, et chacun, à commencer par lui, pouvait dormir du sommeil du juste. Le reste du temps, c'est-à-dire la journée, il devait rester cantonné dans la cuisine et le couloir, où se trouvait son panier, en attendant qu'il soit totalement « propre », car, le lendemain de la nuit tragique, Albert avait repéré sur le grand tapis du salon une tache suspecte et avait aussitôt établi un périmètre de sécurité, hors duquel il était strictement interdit au chiot d'aller se promener. Comme celui-ci ne comprenait pas encore bien le langage des hommes, il fallait fermer toutes les portes et, à certaines heures, le rez-de-chaussée de la maison ressemblait à ces pièces de théâtre dans lesquelles les acteurs n'arrêtent pas d'ouvrir et de fermer les portes pour entrer en scène. D'ailleurs, le périmètre de sécurité avait pour inconvénient de limiter la surface sur laquelle le chiot pouvait commettre ses petits « débordements » et, un soir, Albert, après avoir failli s'étaler en glissant sur une petite flaque juste au pied de l'escalier, avait derechef* glissé sur une autre flaque en entrant dans la cuisine.

Ce même soir, après le repas, alors que toute la famille était réunie autour de la cheminée, Marion avait pris la parole et avait dit :

– On ne va pas tout le temps l'appeler « le chien » ; il faut lui trouver un nom. Papa, tu as une idée ?

* **Derechef** : de nouveau.

Chère enfant, — mais non ! ce n'est pas Albert qui dit « chère enfant », c'est moi, Théo, le meilleur ami des galériens — si vous me permitationniez, avant de vous laisser parler, Marion, je voudrais dire quelque chose à mon jeune ami galérien... Merci. Imaginons que, pour faire plaisir à Marion et Robin, Albert ait décidé d'accueillir deux petits boxers (j'ai dit : « Imaginons... ») !

❶ Récris le texte des deux pages précédentes depuis « Le chiot... » jusqu'à « se promener ».
« Les chiots ne... »

Albert avait décidé, depuis la malheureuse invitation, que rien de ce qui concernait le chien ne le concernait, sauf pour les questions de sécurité, aussi se contenta-t-il de ricaner :

– S'il s'agissait d'une chienne, et non d'un chien, on aurait pu l'appeler Chantal (c'est le nom de la sœur d'Héloïse) ; je trouve que, de profil...

– Albert ! dit Héloïse, ce qui suffit à calmer les ardeurs belliqueuses du ricaneur.

– Enfin, si on ne peut plus plaisanter... Appelez-le comme vous voulez ; c'est vous qui avez voulu ce chien : débrouillez-vous !

On ne sait trop pourquoi, plutôt que de chercher des alliés dans sa lutte anti-chien, Albert avait choisi de rejeter les pays neutres (Héloïse et Robin) dans le camp de l'adversaire, et il se complaisait dans une solitude morose et renfrognée de héros romantique, solitaire et incompris (je vous l'ai déjà dit plusieurs fois, si ce genre de remarques vous paraît absolument sans intérêt ou si, ce qui est le plus probable, ça vous semble aussi clair qu'un poème en étrusque, vous pouvez sauter sans remords, ça ne change absolument rien à l'histoire…).

Albert, donc, tel Achille se retirant sous sa tente et boudant ses copains grecs, tout seul dans son coin, fit semblant de ne s'intéresser qu'au feu qui crépitait, aux bûches qui fumaient et à ses pieds qui piétinaient.

Marion soupira mais ne dit rien, ou plutôt si, que dis-je, elle dit :

– Maman, tu as une idée ?

– Non, comme ça, à brûle-pourpoint, je ne vois pas… Attends… Médor ?

Achille est le plus grand des héros grecs de l'*Iliade*, épopée qui raconte la guerre entre les Grecs et les Troyens, le siège de la ville de Troie, le combat d'Achille et Hector, etc. Achille est presque invulnérable parce que sa mère, Thétis, l'a plongé tout entier dans le Styx, le fleuve des Enfers. Tout entier ? Non pas ! Il fallait bien le tenir par quelque endroit sinon il aurait coulé !

❷ Quel est donc cet endroit qui rendait Achille vulnérable ? Le talon ? Le petit doigt de la main droite ? L'oreille gauche ?

Ulysse est un autre héros grec.

❸ Pour entrer dans Troie, imprenable, celui-ci fit construire : Un énorme cheval cachant des guerriers grecs ? Une machine volante ? Des béliers gigantesques ?

C'est une femme qui fut à l'origine de la guerre de Troie.

❹ Elle s'appelait : Hélène ? Guenièvre ? Josette ? Antigone ? Aïcha ? Jocaste ? Tatiana ?

Marion et Robin mirent leurs têtes dans les mains, pantomime qui, on le sait, signifie que celui qui vient de parler a le quotient intellectuel du calamar ou de l'écrevisse.

– Je plaisantais, dit maman, un rien vexée.

– Mon œil ! dit Robin.

– Robin !

– Pardon maman, je plaisantais, dit Robin. Et toi, reprit-il en s'adressant à sa sœur, c'est quoi ton idée géniale ?

– J'ai pas dit que j'avais des idées géniales. Je ne sais pas, je n'ai pas vraiment réfléchi. Un boxer, ça a peut-être des noms spéciaux !

– Carpentier, dit Albert, sortant de son quant-à-soi, Cerdan, Jake La Motta, Cassius Clay, Tyson ?

– Très drôle, dit Robin. Milou ?

– Pfff… ! fit Marion en haussant les épaules.

– Rex ? Rackam ? Ralf ? Rintintin ? Rantanplan ?

– Bill ? Bob ? Bingo ? Boudu ? Balthazar ?

– Mambo ? Mamba ? Max ? Moutarde ? Mouche à miel ?

– Colophon ? Cook ? Coton-tige ? Crumpet ? César ?

– Saphir ? Sioux ? Scoop ? Scotty ? Salami ?

– Sirius, dit Albert, comme malgré lui.

Il y eut un grand silence, souligné par une bûche joyeuse qui envoya un feu d'artifice d'étincelles.

– Sirius ? Sirius !

– Sirius… Sirius… Sirius…

– Sirius, c'est bien, dit maman.

– Sirius, c'est super, dit Robin.

– Sirius, c'est génial, dit Marion. Papa, t'es génial !

– Bof ! dit l'Albert, qui se rengorgea comme un coq qui vient de mettre en fuite douze renards à lui tout seul.

– Mais pourquoi Sirius, demanda Héloïse, un peu méfiante, ça t'est venu comment ? Tu connais quelqu'un qui a un chien qui s'appelle comme ça ?

– Je ne sais pas, dit Albert modestement ; ce que je sais, c'est que c'est le nom d'une étoile de la constellation* du Chien.

– Non ?! dit Marion.

– La vache ! dit Robin.

– Non, le Chien, répliqua Albert, espiègle.

Et chacun fit semblant de s'esclaffer ; Albert méritait bien ça.

Pendant ce temps, il faut le dire, le principal intéressé, qui se chauffait si près du feu qu'il tournait au hot dog, était resté totalement indifférent à la discussion. Il avait le ventre plein, il rôtissait lentement devant un bon feu de bois, alors, qu'on l'appelât Sirius ou Laridon, cela ne lui faisait ni chaud ni froid.

Et c'est ainsi que notre brave petit boxer se trouva pourvu d'un nom, comme tout héros qui se respecte, et que peuvent donc véritablement commencer

LES AVENTURES DE SIRIUS, JEUNE BOXER

ou

LES DOUZE TRAVAUX DE SIRIUS.

* **Constellation** : groupe d'étoiles.

Retour en arrière

La vie de Sirius – qui ne s'appelait pas encore ainsi, bien sûr, mais nous lui donnerons tout de même ce nom, pour la commodité du récit – s'était jusque-là écoulée fort paisiblement, au côté de ses frères et sœurs et sous la garde de sa mère, la douce Edna. Comme il était le plus fort de la bande, il n'avait aucun mal à trouver sa place, lorsqu'il avait faim, et le reste du temps se passait à dormir dans le grand panier, à bousculer et à être bousculé, à mordiller et à être mordillé. Et puis, un jour, tout cela avait disparu à jamais…

Il y avait déjà cette grande silhouette, à l'odeur et à la voix si désagréables, qui, de temps en temps, le soulevait de terre et le grattouillait entre les oreilles

– ce qui était loin d'être désagréable, cela, il faut le reconnaître – mais cette grande silhouette, soudain, s'était multipliée, parlant beaucoup et fort au-dessus du grand panier où il attendait avec ses frères et sœurs. Il avait senti chez sa mère une sorte d'inquiétude, une crispation du corps, un tremblement imperceptible qui l'avaient rendu malheureux, sans qu'il sache pourquoi. Et puis, brusquement, une des silhouettes l'avait saisi et mis dans une couverture.

Le cauchemar avait commencé à ce moment-là. Tout ce qu'il connaissait – odeurs, goûts, bruits, formes, etc. – avait laissé place à d'autres odeurs et à d'autres bruits, nouveaux, inquiétants. Heureusement, il y avait cette petite main qui le caressait, cette petite voix contre son oreille, cette bonne odeur d'enfant, qui avaient apaisé un peu son angoisse. D'un seul coup, il se retrouvait seul, sans ses frères et sœurs, au milieu desquels on était si bien, dans la chaude fraternité du panier, sans sa mère surtout, auprès de laquelle il trouvait tout – nourriture : ce bon lait chaud qui venait apaiser les atteintes douloureuses de la faim ; chaleur et réconfort lorsque, malgré sa force, <u>il avait été cruellement mordu à la truffe par l'un des autres.</u>

Kaï kaï kaï... ! Faut pas rigoler, je sais. Toi aussi ça te fait mal quand on te mord la truffe, hein ! Ouah ouah !

Bien. Observe la partie de la proposition soulignée. Le pronom « il » représente Sirius. Fait-il l'action ? Non bien sûr ; il la subit, et de façon douloureuse. L'action est faite « par l'un des autres ». On dit que cette proposition a une tournure passive, ou qu'elle est à la voix passive. **4**

❶ Petit jeu *a)* Mets cette phrase à la voix active, ou donne-lui une tournure active (attention au temps grammatical !).
b) Que devient le sujet ?
c) Que devient le complément du verbe passif (ou complément d'agent) ?

On l'avait mis ensuite dans une boîte aux bords si hauts qu'il devait se mettre sur ses pattes de derrière pour voir quelque chose du monde extérieur, dans ce lieu inconnu où il ne reconnaissait rien. Puis la lumière s'était éteinte et il s'était retrouvé encore plus seul, dans les ténèbres. Alors il avait gémi fort, très fort, de toutes ses forces, et de plus en plus fort, pour que sa mère entende sa détresse et vienne le chercher.

Ce n'était pas sa mère qui était venue le chercher, mais l'une des silhouettes : on avait pris la boîte et on l'avait posée dans un autre endroit où, il le sentait bien, il y avait d'autres êtres, où il était moins seul ; mais cela ne lui suffisait pas : on ne cesse pas d'être malheureux parce qu'on l'est un peu moins. Il avait encore gémi, et même plus fort qu'avant. Peu après, il avait senti qu'on le sortait de sa boîte et qu'on le posait en un lieu qui, sans être cet endroit de totales délices qu'était le flanc d'Edna, doux et chaud, était un autre lieu de délices, moelleux et tiède, où il s'enfonça mollement ; il s'y sentait si bien qu'il cessa de gémir et sombra dans le sommeil.

Un peu plus tard, cependant, comme il avait été réveillé par un brusque mouvement, sous lui, il s'était senti submergé par une horrible vague de frayeur. Où était-il ? Que sentait-il ? Quel était ce bruit, ce terrifiant ronflement ? Il s'était donc dirigé vers la source du bruit, avait trouvé une chair chaude et vivante, qui n'était certes pas celle de ses frères et sœurs, mais qui appartenait à une créature qui voudrait elle aussi jouer. Alors, il avait pris entre ses dents un morceau de cette chair fade à l'odeur curieuse et l'avait mordillée, pour l'inviter à venir jouer avec lui…

Et puis, les jours s'écoulant, le court passé de Sirius avait petit à petit disparu. Certes, il lui arrivait parfois de reconnaître une odeur, un bruit, qui lui avaient été familiers. Il s'immobilisait alors quelques secondes, la tête de côté, gémissait sourdement, puis une autre odeur, un autre bruit, bien réels ceux-là, le saisissaient et il oubliait ce qui l'avait arrêté quelques secondes.

Quelques jours après son arrivée à la maison, l'on avait acheté un grand panier en osier, que l'on avait garni d'une vieille couverture et posé dans un coin du couloir. Sirius s'y était installé tout naturellement et, un soir, il y était resté. L'édredon avait donc quitté la chambre des parents et était retourné dans le grenier, au grand soulagement d'Albert.

L'autre lieu important, pour le jeune chien, était la

terrasse sur laquelle il prenait <u>ses repas</u>, les trois repas quotidiens que préconisait, pour son âge, <u>le livre</u> que l'on avait acheté pour la circonstance – que Marion avait acheté pour la circonstance, avec son argent de poche –, *J'élève mon chien*. L'on avait donc également fait l'acquisition de deux grandes gamelles en plastique, une bleue pour l'eau, changée tous les jours, et une rouge pour la nourriture, dans laquelle <u>le préposé</u>, Marion ou Robin, allait verser le contenu de la boîte de conserve, les croquettes ou la pâtée, selon les jours.

Car la famille avait pu faire connaissance avec ce rayon des supermarchés que ne fréquentent que <u>les amis des bêtes</u> et elle avait connu, là aussi, comme devant le papier-toilette ou le dentifrice, les affres du bon choix, car chacun, on se demande pourquoi, avait sa marque préférée de croquettes, comme il avait sa marque préférée de céréales, à la différence près qu'il ne mangeait pas <u>les croquettes</u> – Marion, il faut le dire, avait bien essayé en cachette, mais elle avait très vite recraché le morceau, qui avait pourtant l'air assez appétissant.

Après avoir bâfré comme un ermite* qui a jeûné pendant huit mois, et répandu la moitié de son repas autour de la gamelle – qu'il finissait cependant, rassurez-vous, mais c'est tellement meilleur par terre –, Sirius faisait <u>un petit tour</u> dans le jardin pour admirer les rosiers, puis retournait à la porte et se mettait à aboyer pour qu'on vienne lui ouvrir.

Quand cela n'allait pas assez vite à son goût, il grattait la porte qui se mit très vite à ressembler, à cet endroit, à un champ de labour, sillonné de profondes traces.

Sirius, couché ! Gentil ! Pas mordre Théo ! Théo faire petit exercice ! Va chercher bâton ! Sale bête ! Non, gentil, pas sale bête ! Gentille bête ! À nous ! Couché ! Euh... Pardon... Réveille-toi...

❶ **Sujet ou complément d'objet direct (C.O.D.), telle est la question !**
Range dans la bonne colonne les groupes soulignés (attention aux pièges !). `5`
Sujet : ......
C.O.D. : ......

* **Ermite :** religieux qui vit dans la solitude.

Car, très vite, la peluche, le chiot, avait laissé place à un jeune chien, certes encore loin de l'impressionnante masse de muscles, d'os et de tendons qu'il deviendrait à l'âge adulte, sans parler du mufle court et des crocs luisants, mais c'était déjà une jolie force de la nature, qui devait faire attention lorsque Marion, pour s'amuser, voulait lui arracher un jouet de la gueule.

Sirius, donc, était heureux dans sa famille d'adoption, où il avait trouvé bon gîte, bon couvert, et un grand jardin où il pouvait arroser de nombreux arbres – sans parler du reste : il y avait chaque semaine, une corvée de nettoyage, si l'on voulait éviter qu'Albert ne mette ses grands pieds là où il ne fallait pas, et ne chante alors ses chansons favorites : « Je l'avais bien dit… » ou « Satané bougre de chien… ».

Car, entre Albert et Sirius, c'était, pour reprendre une vieille expression des livres d'histoire, « la paix armée ». Albert avait fini par accepter la présence du chien, mais il ne perdait jamais une occasion de faire comprendre qu'il n'avait jamais voulu de lui, et chaque sottise du chien, aussi légère fût-elle, était prétexte à un petit sourire en coin, à un grand soupir, à un rire sardonique* (« Hêê hêê hêê hêê hêê ! »), à une remarque acerbe ou ironique, dont le reste de la famille faisait les frais, et auxquels on ne pouvait répondre, car, dans le fond, il n'avait pas tout à fait tort.

Le reste de la famille surveillait donc le chien comme le lait sur le feu et essayait, lorsque cela était possible, de limiter les dégâts, ou, lorsque c'était trop tard, de les réparer le plus discrètement possible, voire de les cacher – eh oui, je sais, ce n'est pas très bien de cacher quelque chose au père de famille (à la mère de famille non plus, d'ailleurs, ne me faites pas dire ce que je n'ai pas dit), mais personne n'a prétendu que c'était bien, je ne fais que raconter ce qui se passait, inutile de me crier dessus ! Pourtant, même si on le voulait, il était parfois impossible de tout cacher ou de tout masquer, car Sirius avait un don naturel pour provoquer les catastrophes, comme nous allons le voir bientôt, pour peu que vous vouliez bien passer au chapitre suivant, et même à celui qui suit.

* **Sardonique** : moqueur.

VII
Au théâtre ce soir

Dans cette affaire-là, on ne peut pas dire que la responsabilité de ce qui allait se passer incomba totalement à Albert, puisque le chien eut aussi sa part, non négligeable à vrai dire, mais enfin il faut bien reconnaître qu'il fut à l'origine…

Un soir, donc, à la fin du repas, il dit (Albert, pas le chien) :

– Les enfants, puisque vous avez bien travaillé à l'école, je vais vous faire une surprise.

« Les enfants » dressèrent l'oreille et s'attendirent tout de suite au pire. Avant de vous écrier « Quelle ingratitude ! », essayez de comprendre leur réaction, qui s'appuyait à la fois sur un jugement judicieux et sur l'expérience. D'abord, ils étaient fort bien placés pour savoir qu'ils n'avaient pas si bien travaillé que ça à l'école. Non pas que leurs résultats scolaires fussent mauvais ou médiocres, mais de là à emboucher les trompettes de la renommée, il y avait un large fossé, large à peu près comme ça, vous voyez, surtout quand on connaissait Albert, qui, lorsqu'on lui annonçait un 7 et un 14, oubliait aussitôt le 14 pour faire un long sermon sur le 7, et que lui, quand il avait leur âge… Et que, s'ils ne travaillaient pas, il allait supprimer ça, ça et ça… Et qu'ils allaient se retrouver à coucher sous les ponts… Et que… Enfin, vous connaissez le truc. Bon, qu'est-ce que je racontais, moi, avant de m'égarer aussi loin de mon sujet initial ? Ah oui, ils savaient très bien que leurs résultats étaient dans la norme, et qu'il fallait que leur père ait une idée derrière la tête pour décider que ces résultats méritaient une « surprise ». Or, la plupart du temps, si les surprises méritaient ce nom, il s'en fallait de beaucoup que ce soient de « bonnes surprises », les seules auxquelles l'être humain s'intéresse.

– Voilà, puisque vous avez bien travaillé, je vous invite tous…

Silence angoissé, attentif ou craintif.

– … Au théâtre ! Qu'est-ce que vous en dites ?

Alors là, pour une surprise, c'était une surprise. On a beau s'attendre au pire, quand le pire arrive, ça fait un choc, surtout quand le pire est encore pire (ou pis) que le pire. (Je ne sais pas si vous suivez toujours, mais ça ne fait rien…) Mais le pire, si j'ose encore dire, c'est qu'il fallait faire bonne figure – comme à Noël, par exemple, quand vous attendez un vélo et que vous découvrez au pied du sapin une encyclopédie en vingt volumes –, car ces enfants savaient vivre, et ne voulaient pas faire de peine au *pater familias* (ça veut dire la même chose que « père de famille », mais en latin, c'est plus chic).

– Super, dit Robin, sur le ton qu'il aurait employé pour dire : « J'ai pris trente heures de colle et trente mille lignes à copier. »

– Génial, dit Marion d'une voix mourante.

– Je savais que ça vous ferait plaisir. Et vous savez ce qu'on va aller voir – et pas n'importe où, s'il vous plaît, mais à la Comédie-Française* –, la plus belle

* **Comédie-Française** : célèbre théâtre parisien, fondé par Molière, où l'on joue des auteurs classiques.

pièce du plus grand auteur tragique français – à mon avis, bien entendu –, une pièce dont les vers héroïques me faisaient bondir d'enthousiasme, dans mon jeune âge, pas si loin que cela malgré tout – et là, il jeta une œillade assassine à Héloïse –, vous avez tous deviné… Marion ?

– *Robin des bois* ? dit-elle à tout hasard.

Albert eut un sourire crispé.

– Non, pas tout à fait, ma chérie. Robin ?

– Euh… *Les Misérables* ? dit celui-ci tout aussi au hasard.

– Bon, ça ne fait rien. Héloïse ?

– Moi je sais, dit celle-ci. Tu m'en as tellement parlé quand nous étions plus jeunes, dit-elle en rougissant. C'est *Cyrano de Bergerac* !

Albert, lui, ne rosit pas, mais devint rouge, le beau rouge apoplectique du poisson du même nom (« rouge », qui est un adjectif, je sais, ce n'est quand même pas à moi que vous allez apprendre ça !) quand il est demeuré deux ou trois heures hors de son bocal. Un peu de fumée lui sortit des naseaux, mais il réussit quand même à dire :

– Tu n'étais pas très loin, ma chérie – il appuya lourdement sur « chérie » –, en tout cas pour le côté héroïque. Non, il s'agit en fait du *Cid*, de Corneille, mis en scène par Georges Valmontel, avec Alexandre Ploutchnikoff dans le rôle-titre.

Trois mâchoires tombèrent en même temps et un peu de bave coula sur le menton de Robin. Sentant qu'il se passait quelque chose de grave, Sirius se mit à hurler à la mort, ce qui réveilla tout le monde. Quel mot, dans quelle langue, existe pour dire pire que pire que pire ?

– Le Sid ? dit l'une.

– Le Cyd ? dit l'autre.

– Mais oui, les enfants, dit Héloïse, qui voulait se rattraper, *Le Cid*, de Corneille, la pièce la plus connue de l'un de nos plus grands dramaturges, qui fut le protégé du cardinal de Richelieu, une pièce dont chacun connaît au moins quelques vers.

Marion et Robin se regardèrent. Ça commençait bien.

– Tu en connais, toi, des vers ? dit Robin avec l'à-propos qui le caractérisait et qu'il tenait de son oncle Frédéric, dit Julot, personne n'a jamais su pourquoi.

– Euh… Oui… Attends… « Ô rage ! ô désespoir ! ô vieillesse ennemie ! » et « Rodrigue, as-tu du cœur ? » et « À moi, Comte, deux mots » et « À vaincre sans péril, on triomphe sans gloire » et « La valeur n'attend point le nombre des années ». Ça suffit ?

– Ça va. Et toi, papa ?

Albert se leva, ferma les yeux, on ne sait pourquoi, puis se mit à clamer la « tirade » du *Cid*, dans un silence navré :

Sous moi dônnc… cetteu troupeu s'avannnce,
Et porteu sur le frônnnt… tuneu mâââle assurannnce.
Nous partîmes cinq cents ; mais… par un prompt renfort
Nous nous vîîîmes trois mille en narrivant tau pôrt,
Tant, tà nous voir marcher avec kun tel visââge,
Les plus zépouvantés reprenaient leur courage !

Bravo, maître Albert, admirable interprétation. J'en reste baba, et même comme deux ronds de flan ! Cependant, comme dirait mon cher narrateur, c'est pas ça qui fait avancer nos affaires, hein l'artiste !

❶ Tu vas donc, puisque je vois que tu t'ennuies, récrire la tirade comme l'a écrite le grand Pierre Corneille, immortel auteur du *Cid*.

Cependant, au bout de quelques vers, et malgré le talent, disons, brut, du nouveau Gérard Philipe*, la magie opéra : la musique des vers, le souffle héroïque, la cadence martiale entrèrent dans l'âme des deux enfants…

Quand Albert s'arrêta, essoufflé, des applaudissements sincères crépitèrent. Sirius, pour n'être pas en reste, se mit à aboyer.

– Merci, merci beaucoup, dit Albert, qui se plia en deux.

* **Gérard Philipe** : grand acteur français, dont l'interprétation du *Cid* est restée fameuse.

Et c'est ainsi que, une semaine plus tard, la famille F*** prit la route de Paris pour aller assister à une soirée de la Comédie-Française et entendre *Le Cid*, ce chef-d'œuvre de notre patrimoine théâtral. Les deux enfants, quoi qu'ils aient pu en dire et en penser, étaient fort émus et fort intéressés par cet événement ; chacun, dans la famille, s'habilla pour la circonstance et se fit beau, à commencer par Héloïse bien entendu, qui joua le grand air du « je n'ai plus rien à me mettre », et en profita pour se commander la panoplie complète de la sortie au théâtre.

Chacun se fit beau, sauf, bien entendu, le dernier arrivé, qui assistait à ces préparatifs d'un air inquiet, même, et surtout, s'il ne comprenait pas ce qui se passait.

Comme c'était la première fois qu'il devait rester seul le soir, la question avait été posée au grand conseil de famille. On commença par écarter la solution de la baby-sitter, car on ne savait pas trop comment Sirius réagirait, seul avec une inconnue, et on ne tenait pas à la retrouver barricadée dans les toilettes, ou accrochée au lustre. Pour le reste, certains pensaient qu'on devait l'emmener et le laisser dans la voiture ; d'autres qu'il valait mieux l'enfermer dans une pièce avec de la nourriture à gogo, d'autres enfin prétendaient que la solution la plus simple était la meilleure et qu'il convenait de le laisser tranquillement vaquer à ses occupations dans la maison – il y avait longtemps que l'on avait levé les interdictions de circuler –, où il avait ses habitudes.

Cette solution d'apparente sagesse prévalut et, comme l'on avait d'autres chats à fouetter, si j'ose dire, on ne pensa plus à Sirius.
Erreur fatale !

Pourquoi disons-nous « erreur fatale » ? Avant de donner la solution, il faut faire un petit détour par la psychologie du boxer. Le boxer, comme chacun sait, est rangé dans la catégorie des « chiens de garde ». Autre erreur fatale. Certes, le boxer peut *aussi* servir à ça. Si vous en doutez, essayez de rentrer dans *sa* maison. Mais le boxer est, avant tout, un chien « de compagnie ». La seule chose qui l'intéresse vraiment, dans la vie, ce n'est pas de courir les champs et les bois, de pourchasser de malheureux volatiles – pour les autres, bien entendu, car, pour ce qui est de son propre compte… mais ceci est une autre histoire, comme nous le verrons plus loin ! –, bref, de se rendre utile d'une façon ou d'une autre. Non, son truc à lui, c'est de rester le plus près possible de son maître, ou de ses maîtres, et si possible dans ses jambes. Certes, me direz-vous, tous les chiens de compagnie font ça : les cockers, les caniches, les bichons, les pinschers, les spitz, les fox, les chows-chows, les chihuahuas, les smuits, les blounx, les chplitfs, etc., mais ces chiens-là sont de « vrais » chiens de compagnie, on peut les laisser coucher sur un fauteuil, les prendre dans ses bras, les promener dans un panier… Essayez de prendre dans vos bras un boxer, ou de le promener dans un panier, et vous m'en direz des nouvelles !

Non, la vérité, c'est que le boxer est un chien « à problèmes », car il cache un cœur tendre et aimant derrière une apparence de brute. Un boxer, c'est une sorte de Quasimodo, qui a pour son maître le regard que celui-là avait pour Esméralda.

Et s'il y a une chose qu'un boxer ne peut pas supporter, mais alors pas du tout, c'est – comme toutes les natures possessives – que ceux qu'il aime l'abandonnent, si peu que ce fût. Alors là, Quasimodo s'énerve, se fâche tout rouge, et il passe sa rage sur tout ce qui est à sa portée.

Et donc, comme vous êtes très vraiment beaucoup intelligents, vous avez tout de suite, et même avant, compris ce qui s'était passé, pendant que Chimène-qui-l'eût-dit-Rodrigue-qui-l'eût-cru*... Faut-il vraiment que je raconte ? Oui ! Bon, d'accord.

Le retour avait été triomphal pour ce cher Albert, qui fut couvert de louanges, assourdi de félicitations, et auquel on tressa de nombreux lauriers. Tout avait été parfait : l'écrin de la soirée, cette merveilleuse Comédie-Française, ses ors et ses lustres, le rideau, le plafond, la moquette, les fauteuils, les acteurs, la mise en scène, le décor, et bien sûr le texte, si fort et si dense, et l'intrigue, où se mêlent l'amour et la gloire, si chers

* *Célèbres répliques du* Cid.

aux âmes bien nées. Bref, la magie du théâtre avait, une fois de plus, triomphé des préventions et des préjugés.

On avait, dans la voiture… Comment, que dites-vous ? Vous vous en fichez complètement et vous voulez que j'en vienne au fait ? Bon, très bien.

Donc, dans la voiture – et la prochaine fois que tu m'interromps, vous avez droit à la description de la voiture, de la cale à la pomme de mât ! – on s'était bien entendu raconté la soirée, et la salle, et la dame qui parlait tout le temps, et la figure de Rodrigue, et celle de Chimène, et la robe de l'infante, et l'entracte, et les trois coups, et ça j'ai pas vraiment compris, et attends je vais t'expliquer, et merci papa vraiment tu es le meilleur… Bref, on était tous très contents.

– C'était super, dit Marion une fois de plus, devant la porte. Je vais tout raconter à Sirius.

Et chacun se mit à rire, sans trop savoir pourquoi, comme on rit dans ces cas-là.

La porte s'ouvrit. Silence total.

– Sirius, appela Marion, on est là !

À la vérité, chacun sentit tout de suite qu'il y avait quelque chose de bizarre, car, d'ordinaire, quand un membre de la famille arrivait, Sirius se précipitait sur lui en secouant la tête et en se tortillant de l'arrière-train, puis lui mordillait les chaussures ou se dressait sur ses pattes de derrière pour lui lécher la figure, le tout accompagné de jappements et de grognements.

Or, point de Sirius.

– Il dort, dit maman. Quel drôle de chien de garde ! Marion, quelque peu inquiète, se précipita vers le salon, alluma, et poussa un cri, avant d'être prise d'un rire nerveux. Le reste de la famille se précipita pour voir ce qui causait ce rire. Ils ne furent pas déçus.

Imaginez que votre salon soit traversé à la fois par une tornade, un typhon, un cyclone, un régiment de chars lourds, un troupeau de bisons, un nuage de criquets, deux équipes de rugby et quelques locomotives, et vous aurez une faible idée de ce à quoi ressemblait le désastre.

Une lampe était renversée et éclairait d'une lumière rasante le désastre : les coussins de tous les fauteuils étaient par terre et l'un d'eux laissait échapper quelques plumes ; le magazine de télévision avait été soigneusement parcouru et de petits morceaux de papier jonchaient le sol ; enfin, sans doute saisi d'une petite fringale, le chien avait croqué le pied d'une chaise jusqu'à l'os et des échardes de bois parsemaient les tapis.

Dans un coin, Sirius était couché, la tête entre les pattes, immobile et silencieux, regardant les arrivants de ses grands yeux bruns, l'air de dire :

« Voici, dans une mise en scène de Sirius, un décor de Sirius, avec Sirius dans le rôle principal, une tragédie comique, intitulée *Sirius, ou la vengeance du boxer abandonné.* »

Les amateurs de tragédie s'assirent et regardèrent le désastre. Alors, dans le grand silence, s'élevèrent des applaudissements : c'était Albert qui claquait lentement ses mains l'une contre l'autre.

VIII

Côt côt ! Codett !

Pour son premier anniversaire, Sirius eut droit à un os gigantesque, format tibia de diplodocus, et à un nouveau jouet : une sorte de balle creuse en caoutchouc rouge, à l'intérieur de laquelle se trouvait un grelot, le genre de jouet qui vous oblige à prendre des calmants au bout d'une semaine.

Il eut droit aussi à une opération de chirurgie esthétique. Les boxers naissent en effet avec les oreilles pendantes et un bout de queue, et il est d'usage, dans certains pays, de leur tailler les oreilles en pointe et de leur couper la queue. Il faut d'ailleurs reconnaître qu'un boxer avec les oreilles fièrement dressées, ça a une autre gueule… Euh ! Une autre allure !

Quoi qu'il en soit, un beau jour, Sirius revint de chez le vétérinaire avec un curieux couvre-chef, qui le faisait ressembler à une châtelaine du Moyen Âge coiffée de son hennin*, ou à une fée ; couvre-chef bien entendu destiné à ce qu'il ne puisse gratter ses oreilles fraîchement coupées.

Quand lesdites oreilles eurent fini de cicatriser, on retourna chez le vétérinaire pour enlever le chapeau et les points de suture. Et c'est ainsi qu'un nouveau Sirius, tout faraud avec ses oreilles pointues, revint pour se faire admirer des habitants de la maison et du quartier.

Et c'est là que l'affaire commença, sans que l'on sache très bien s'il y avait un lien entre l'oreille coupée et l'affaire, autrement dit, si l'opération n'avait pas provoqué un changement psychologique qui amena le boxer, après qu'il se fut regardé dans une glace, à se prendre pour une terreur. Si cela vous semble sibyllin, n'ayez crainte, cela va s'éclaircir bien vite…

Tout débuta par ce genre de dialogue, qui fait les

---

* **Hennin** : coiffure du Moyen Âge, en forme de bonnet très haut.

délices d'Albert et en général de tous ceux qui l'écou-
tent, les amenant très près de la crise de nerfs :

– Maman ?

– Oui ?

– Maman ?

– Oui ?

– Maman ?

– Oui ?

– Maman viens voir !

– Qu'y a-t-il ?

– Maman viens voir !

– Qu'y a-t-il ma chérie ?

– Viens voir !

– Non, dis-moi !

– Viens voir !

– Non, dis-moi, je viendrai ensuite !

– Viens voir d'abord !

– Non, dis-moi toi !

– Non, viens voir toi !

(Je vous avais bien dit que ça vous amenait très près
de la crise de nerfs…)

Bien entendu, comme toujours, c'est maman qui se dérangea et qui alla voir, en soupirant.

– Alors, Marion, pourquoi me déranges-tu ? J'espère que c'est important parce que je suis très occupée.

(Je ne sais pas si vous avez remarqué, mais il est très rare que les pauvres mamans ne soient pas « très occupées ».)

– Mais bien sûr que c'est important ! Regarde, là, la gamelle de Sirius !

– Eh bien ?

– Elle est pleine, dit Marion en montrant la gamelle du doigt.

– En effet. Et puis ?

– Si elle est pleine, c'est qu'il n'a pas mangé.

– Bravo mon cher Watson*. Et puis ?

– Mais tu ne comprends rien !

– Marion !

– Excuse-moi, maman, dit Marion, qui réfléchit un peu puis expliqua : d'habitude, il ne laisse rien. S'il ne mange pas, c'est qu'il n'a pas faim. Et s'il n'a pas faim, c'est qu'il est malade.

---

* **Watson** : l'ami de Sherlock Holmes.

Héloïse, qui avait vu de l'inquiétude et du chagrin dans les yeux de Marion, comprit enfin qu'il fallait prendre la chose au sérieux.

– Viens avec moi, dit-elle.

Elles se mirent à la recherche de Sirius qui somnolait au salon sur sa couverture, en fait un ancien couvre-lit molletonné plié en quatre. Il ouvrit un œil en les voyant arriver, puis les deux. Héloïse se pencha et lui toucha la truffe : elle était fraîche comme une botte de cresson frais cueilli. L'œil était vif et brillant. Sirius bâilla et montre sa formidable denture et une langue rose cochon de lait.

– Il se porte comme un charme, dit la maman. Attends, on va faire un dernier test. Prends sa balle !

Quelques instants plus tard, ils étaient tous trois sur la pelouse, derrière la maison.

– Jette la balle, dit maman, de toutes tes forces !

Ce que fit Marion. Or la balle n'avait pas plus tôt quitté la main de Marion que Sirius jaillit de ses starting-blocks, en projetant dix kilos de mottes de terre et de gazon arrachés à la pelouse. Il fila comme

une fusée vers la balle, l'attrapa au vol au premier rebond, <u>fit</u> le tour d'un chêne et <u>revint</u> ventre à terre vers Marion, au pied de laquelle il déposa la balle. Il <u>ouvrit</u> alors la gueule, pencha la tête, cligna des yeux, éternua et jappa tout en même temps, puis il fit semblant de partir, revint, et recommença le manège plusieurs fois.

Tiens, ça me donne faim tout ça...
Tu mangerais pas une pleine gamelle de croquettes ? Non, tu préfères la pâtée en boîte ! Ce n'est pas mal non plus...
Mais en attendant d'aller déjeuner, un petit exercice à ronger...

❶ **Tu vois le tableau ? Bien. Alors, remplis-le en mettant à leur place les verbes soulignés et en trouvant les autres (utilise la même personne que celle du texte).** 10

Présent	Futur	Imparfait	Passé simple
se penche	se penchera	se penchait	*se pencha*

– Qu'est-ce que ce serait, s'il n'était pas malade ? soupira la maman, qui regarda le bas de son pantalon blanc, moucheté de terre et de brins d'herbe.

Pourtant, malgré ce certificat délivré par le médecin-vétérinaire-psychologue-infirmière de la famille, les mêmes symptômes se manifestèrent le lendemain matin : la gamelle resta pleine, ou peu s'en faut.

Le même jour, un samedi, en milieu de matinée, Héloïse avait une discussion avec Mlle Germaine, une de ses voisines. Mlle Germaine est une très gentille vieille fille, qui habite une grande maison, proche de celle de nos amis – elles ne sont séparées que par une autre maison. Mlle Germaine est professeur de piano et adore les animaux, surtout les chats, dont une bonne dizaine ont trouvé pension chez elle. Mlle Germaine mange très peu mais adore les œufs, les œufs frais. Elle a donc, au fond de son immense terrain, un poulailler occupé par quelques poules, qui la fournissent en œufs frais, et qu'elle va nourrir tous les jours de bon grain. Bien entendu, il n'est pas question de mettre les poules au pot et les dignes volatiles meurent de leur belle mort, après une vieillesse heureuse.

Mais, précisément, les poules causaient quelques soucis à Mlle Germaine, qui paraissait fort agitée.

– Je t'assure, Héloïse (Germaine connaît Héloïse depuis toujours et a été son professeur de piano, comme elle est celui de Marion), je t'assure qu'il y a des rôdeurs dans le village. Une de mes poules a disparu, une des plus belles, Rosette !

(Comment ? C'est un nom de vache ? Et alors, qui vole un œuf vole un bœuf !)

– Vous êtes sûre, dit Héloïse, qui est un peu pressée (et très occupée, bien entendu), et qui regarde sa montre à la dérobée. Elle est sans doute dans un coin du jardin, ou bien elle s'est sauvée en sautant par-dessus votre grillage.

Il faut savoir, d'une part, que les poules ont droit à une permission de sortie du poulailler et peuvent alors se promener à leur guise dans le jardin, où elles ne risquent pas de croiser les chats, qui ont d'autres heures de sortie ; et, d'autre part, que derrière la maison de Mlle Germaine, comme derrière celle de nos amis, et de tous leurs voisins, commence la grande forêt, où gîtent cerfs et biches, renards et sangliers.

– Ça n'est jamais arrivé, Héloïse, pourquoi est-ce que ça arriverait aujourd'hui ? Non, non, je ne suis pas folle, je te dis qu'il y a un voleur de poules au village.

– Un renard alors, dit Héloïse, ou une belette, ou un autre ani…

Héloïse ne finit pas sa phrase, mais reste la bouche ouverte et les yeux ronds, comme si elle avait vu une soucoupe volante atterrir sur la place du village.

– Tu dis ?

– Non, rien ! Vous… Vous avez sans doute raison. Il y a certainement un rôdeur dans le village. Je vais ouvrir l'œil, et dire aux enfants de faire attention.

– Dites-le aussi à votre chien ; c'est intelligent ces bêtes-là. Je suis sûre que s'il voit quelque chose de louche, il vous préviendra en aboyant.

– Je le lui dirai, c'est promis, dit Héloïse, mais il faut que je me sauve, je vais être en retard.

Héloïse rentra dare-dare à la maison et raconta sa conversation à toute la maisonnée (tout le monde est là puisqu'on est samedi).

– Je sais maintenant pourquoi Sirius ne mange plus sa pâtée, c'est parce qu'il mange les poules de la voisine.

– C'est rien que des mensonges, s'exclama Marion. Tu dis n'importe quoi !

– Les seules poules que ce chien peut attraper, c'est les poules en chocolat ! ricana Albert (fine allusion à un épisode des exploits de Sirius que nous n'avons pas rapporté, au cours duquel le boxer, laissé seul quelques instants, avait ingurgité le contenu d'une boîte d'un kilo de chocolats fins, offerts par les grands-parents, ne laissant que les papiers – ce qui prouvait au moins qu'il mangeait goulûment, mais proprement ! Un autre épisode, que nous ne rapporterons pas non plus, car il n'est pas très ragoûtant, est celui du kilo de beurre laissé par mégarde sur la table, que le boxer ingurgita en quelques secondes, puis régurgita tout de suite après sur les tapis, les fauteuils, etc.).

À ce moment-là, le téléphone sonna. Robin, qui suivait l'affaire distraitement, alla répondre. Il n'eut pas plus tôt mis l'écouteur à l'oreille qu'il l'écarta avec une grimace de douleur.

– Je crois que c'est Mlle Germaine, dit-il.

Héloïse se précipita.

– Allô ! Oui, c'est moi… Comment ?

Elle regarda autour d'elle.

– Où est Sirius ?

Rien. Le vide, l'absence.

Elle mit la main sur le micro.

– Mlle Germaine dit qu'il est dans son jardin ; il est devenu complètement fou ; il court après toutes les poules. On arrive, cria-t-elle à Mlle Germaine, on arrive !

Elle raccrocha le combiné et dit à sa troupe, tel Napoléon au pont d'Arcole :

– Suivez-moi !

Trente secondes plus tard, ils étaient tous dans les jardins de Mlle Germaine, où ils contemplaient un fameux spectacle, comme on n'en voit plus depuis les jeux du cirque, à Rome, sous le règne des Néron, Caligula et autres Vespasien.

De fait, Sirius, tel un fauve lâché dans l'arène, semblait atteint de poulimie aiguë et courait derrière toutes les poules en même temps, aux quatre coins du jardin en folie. Les malheureuses sautaient, voletaient, couraient, laissant s'envoler des plumes blanches qui retombaient lentement, comme dans ces boules que l'on agite et qui montrent une neige factice enveloppant Montmartre ou la tour Eiffel. L'animal à quatre pattes pourchassait sans cesse les animaux à deux pattes, sous l'œil terrorisé, navré ou intéressé des bipèdes. Mlle Germaine criait de toutes ses forces :

– Au secours ! Au secours ! Appelez la police, les pompiers, le garde champêtre !

Albert, l'homme de la situation, sentit qu'il devait faire quelque chose et s'avança à grands pas. Malheureusement, la vieille demoiselle était peu ordonnée et avait laissé traîner un vieux râteau qui, malgré son âge avancé, se releva traîtreusement et vigoureusement, lorsque l'Albert lui marcha dessus, le frappant à toute volée entre les deux yeux, ce qui le mit hors-jeu pour un bon moment.

Comme un malheur n'arrive jamais seul, c'est bien connu, les chats, profitant de la porte laissée ouverte par la vieille demoiselle, dans son trouble, entrèrent dans la danse, tout heureux de cette aubaine.

Une dizaine de chats se précipitèrent dans le jardin, courant et sautant comme des démons de l'enfer, les uns après les poules, les autres après le chien, lequel devint à ce moment totalement furibard, car il lui fallait à la fois se défendre contre les chats tout en cherchant à attraper les poules. On voyait donc courir, sauter, voltiger, griffer, mordre, le tout couvert par des aboiements, miaulements, caquètements, cris, pleurs et exclamations désolées, sans compter les gémissements d'Albert, retiré dans un coin du ring.

C'est Robin qui sauva la situation. Avisant, non loin de lui, un tuyau d'arrosage terminé par une lance, il ouvrit le robinet, régla la lance sur le jet le plus dru et se mit à arroser tout ce qui bougeait, bêtes et gens. Les chats se réfugièrent dans les arbres, les poules refluèrent sur le poulailler et Sirius, qui avait pris le jet en pleine poire, s'arrêta net.

Albert, malgré sa grosse bosse sur le front, fut à la hauteur des circonstances. Il se précipita vers le chien, calmé par la douche et par l'absence de partenaires de jeu, le prit dans ses bras, et l'emporta tant bien que mal vers la maison.

Ah là là ! J'en peux plus ! Non, mais tu vois le tableau ! Le râteau ! Bong ! Les chats ! Miaou miaou ! Le chien ! Ouah ouah ! Les poules ! Côt côt ! Les vaches ! Meuh meuh ! Y'avait pas de vaches ? Tu es sûr ? Bon.

❷ **Le récit est admirablement fait par un merveilleux narrateur, mon maître bien-aimé, mais on pourrait imaginer qu'il soit raconté par Robin ou par Albert. Ce qui donnerait ceci, qui est bien sûr à compléter :** 9

Robin. – C'est moi, Robin, qui ...... la situation. Avisant, non loin de ......, un tuyau d'arrosage terminé par une lance, j'...... le robinet, ... la lance sur le jet le plus dru et ...... à arroser tout ce qui bougeait, bêtes et gens.

Albert. – Malgré ...... grosse bosse sur le front, je ...... à la hauteur des circonstances. Je ...... vers le chien, calmé par la douche et par l'absence de partenaires de jeu, le ...... dans mes bras, et l'...... tant bien que mal vers la maison.

Cinq minutes plus tard, tout était à peu près rentré dans l'ordre. Sirius, puni, était attaché dans son propre jardin ; le trou dans le grillage, par lequel il s'était sauvé et avait filé vers le jardin aux poules, était bouché et la famille, réunie et trempée, commentait l'incident.

Tout à coup Robin, esprit positif, dit :

– J'ai faim. Qu'est-ce qu'on mange à midi ?

Héloïse s'arrêta au milieu de sa phrase, le regarda et, cachant sa tête dans ses mains, se mit à pouffer, à rire, à rigoler, à se bidonner, à se tordre, à se gondoler de plus en plus fort :

– Ah Ah Ah… Ha Ha Ha… Oh Oh Oh… Ho Ho Ho… Hi Hi Hi… Ih Ih Ih…

Les trois autres se regardèrent, un rien agacés, car il n'y a rien de si agaçant que de regarder rire quelqu'un sans savoir ce qui le fait rire.

– Comment, finit-elle par dire, vous ne sentez pas ? Du poulet rôti…

Guerre et Paix

Sirius avait trouvé un ami, et cette amitié eut de telles conséquences que le quartier s'en souviendra à jamais, et que l'on en reparlera longtemps dans les chaumières, comme on parle encore de l'année de la comète, de la crise de 1929 ou de la guerre de Crimée.

Tout avait commencé par un déménagement dans la rue. Un jeune couple, qui travaillait à Paris, s'en fut vers la grande ville. Un vieux couple, qui habitait Paris, vint loger à sa place, l'âge de la retraite ayant sonné, les enfants s'étant casés et les vaches étant rentrées.

S'il s'était installé là (le vieux couple), ce n'était pas tout à fait par hasard, puisqu'il connaissait (le vieux couple) les parents d'Héloïse, donc Héloïse, donc le charmant village où celle-ci vivait, et qu'ils avaient depuis longtemps décrété qu'ils viendraient « y finir leurs jours ».

Quand Héloïse avait appris que la maison était en vente, elle avait tout de suite téléphoné à ses vieux amis, qui, immédiatement, s'en étaient porté acquéreurs, et l'avaient achetée. Quoi ? Mais la maison exquise, sur la grise banquise dont la remise nous grise, dans la bise sans chemise, voyons !

Pour remercier Héloïse, ils les avaient donc invités un soir à dîner, elle et toute sa famille. Le plus dur avait été, pour Héloïse, d'annoncer la bonne nouvelle.

– Albert ?

– Oui.

– Les enfants ?

– Oui.

– Voilà. Raymond et Charlotte, pour me remercier de leur avoir trouvé une maison dans notre beau village, nous ont invités à dîner samedi soir.

Marion fit « Beuh ! » et Robin fit « Non, pitié ! ».

Quant à Albert, il ouvrit la bouche, mais, se souvenant juste à temps que R. et C. étaient des amis d'H., il referma la bouche.

— Vous êtes impossibles, gémit Héloïse. Ce sont des gens charmants, qui adorent les enfants et les chiens et, même si vous ne comptez pour rien que ce sont mes amis, vous pourriez, au moins pour me faire plaisir, être un peu plus aimables. De plus, Charlotte est une excellente cuisinière.

— Dans ce cas, dit Albert, nous irons avec joie. Ça nous changera un peu. Je veux dire, ajouta-t-il en pensant qu'il eût mieux fait de garder la bouche fermée, que ça nous changera de certaines de tes amies.

— Et puis, ajouta Héloïse en se tournant vers Sirius, qui fit un gros effort d'attention pour comprendre ce qu'on lui disait, et ouvrit toute grande la gueule en laissant sortir une langue de trente centimètres, ils ont un très mignon petit chien, un bichon maltais, qui s'appelle Nambo.

— Ah bon, s'exclama Marion, alors, on pourra amener Sirius, pour qu'ils fassent connaissance.

— Euh…, dit maman, je ne sais pas si c'est une

très bonne idée. La dernière fois que Sirius a « fait connaissance » avec un chien, on a frôlé la catastrophe. Et quand je dis « frôlé »…

En effet, un mois auparavant… Mais, j'y pense, ça ne vous intéresse peut-être pas ? Si ? Bon, allons-y. Un mois auparavant donc, un voisin, qui se promenait dans la rue avec son petit chien, s'était approché du portillon (un portillon en bois plein), derrière lequel se trouvait Héloïse, qui soignait des roses envahies de pucerons. Sirius, qui estimait que sa présence était indispensable dès que quelqu'un travaillait, était couché dans l'herbe, surveillant d'un œil le massacre des pucerons.

La tête du monsieur apparut au-dessus du portillon :
– Bonjour madame ! dit-il.
Héloïse, tout occupée à guerroyer contre les insectes envahisseurs, sursauta.
– Vous avez une belle allée de rosiers, dit le monsieur, mais la plus belle rose n'est pas celle qu'on croit.
– Vous êtes trop gentil, dit la rose, qui rosit, toute rosissante.

– Je m'excuse, dit le complimenteur, de vous donner un conseil, mais il y a une meilleure façon de procéder. Si vous voulez bien me permettre…

– Je vous en prie, dit Héloïse, entrez !

Cet épisode malheureux de la guerre des pucerons eut pour origine ce qu'il est convenu d'appeler un concours de circonstances. Le monsieur promenait son chien, un caniche noir, mais, comme on ne voyait que la tête du monsieur qui dépassait du portail, personne n'aurait pu remarquer qu'il tenait un animal en laisse. Quant à l'autre animal, le dénommé Sirius, boxer de père en fils sans interruption, il était allongé dans l'herbe verte, derrière un vaste aucuba, très occupé à réduire en poudre un vieil os, et il eût fallu des yeux d'extraterrestre pour l'apercevoir.

Le portillon s'ouvrit et le monsieur s'avança, tout sourire, tirant le malheureux chien qui, on ne sait pourquoi, traînait les pattes.

Quand Héloïse vit le chien, elle s'écria :

– Attendez !

Trop tard ! Tel un missile se précipitant vers sa cible à Mach 3, Sirius arrivait !

Le malheureux amateur de roses ne dut sa survie, et celle de son chien, qu'à un réflexe vital : il tira sur la laisse et le caniche décolla du sol comme la fusée *Ariane*, non pas certes à la verticale, mais selon un angle de quarante-cinq degrés, ce qui fut suffisant pour dérouter le missile, qui dépassa sa cible, freina des quatre fers, fit un magnifique dérapage, et revint aussitôt à la charge. À peine le pauvre caniche avait-il touché terre qu'il sentit qu'il échappait de nouveau à l'attraction terrestre et partait pour un nouveau tour de manège.

La situation était en effet la suivante. Au centre le monsieur, qui tournait comme un lanceur olympique de marteau, faisant virevolter autour de lui, non point un marteau mais un misérable caniche, qui put ainsi savoir ce que les humains ressentent sur le grand huit, aux fêtes foraines. À la tangente* du cercle ainsi formé, le boxer, devenu fou, qui tournait en rond et sautait de temps en temps, essayant d'attraper une

* **Tangente** : droite perpendiculaire au rayon du cercle.

proie qui lui échappait toujours. Enfin, à quelque distance, Héloïse, qui criait :

– Sirius, ici, Sirius, ça suffit !

Bref, il ne manquait que la musique, même si personne n'avait envie de chanter.

On aurait pu tourner ainsi jusqu'à la nuit, mais la solution vint d'elle-même, comme cela arrive souvent. La laisse, qui était faite pour promener paisiblement un chien, et non pour le lancer de caniche, se rompit soudain et, par chance, à un moment où le point C se trouvait dans la portion de l'arc de cercle tangent à la droite formée par le mur de clôture. On vit donc, chose rare, un caniche volant décrire un orbe gracieux avant de disparaître derrière le mur, au pied duquel il s'écrasa, vertigineux, tourneboulé et à moitié étranglé, mais du bon côté.

Sirius, qui n'entendait pas en rester là, prit son élan mais se trouva nez à nez avec le portillon, que le rosiériste avait eu la bonne idée de refermer après être entré.

« Faute de grive, comme on dit, on mange des merles. » Faute de caniche, se dit Sirius, on mange des prome-

neurs de caniche. Le boxer, mis en appétit, se tourna donc vers le champion du monde du lancer de caniche. Mais il ne fut pas assez prompt. Héloïse se précipita, l'attrapa par le collier et l'entraîna vers l'arrière de la maison, où elle l'attacha à sa chaîne de forçat.

Quand elle revint, il n'y avait plus trace, ni du chien, ni de la laisse, ni du maître, que l'on ne revit plus jamais traîner dans le coin.

Fin de l'épisode.

– Ah oui, ricana Albert, je vois ce que tu veux dire : *Mignonne, allons voir si la rose…*

– Je t'en prie, dit Héloïse qui rougit, oublions cela…

– Soit, dit Albert, magnanime*. Mais, pour en revenir à cette invitation et à ce que proposait Marion, c'est peut-être une bonne idée. L'autre fois, Sirius défendait son territoire ; samedi, il ne sera pas chez lui, et l'autre chien est trop petit pour qu'il l'attaque. Donc, ça devrait bien se passer, et Sirius sera peut-être un peu plus sociable s'il fréquente d'autres chiens.

Dring… ! Dring… !

La famille, rangée en rang d'oignons devant le portillon, attendait. Il y avait d'abord les petits oignons : Sirius (tenu en laisse par Marion), Marion et Robin (Marion en robe à fleurs et Robin en chemise), tous trois un peu vinaigrés ; puis les grands oignons : Héloïse (superbe avec sa jupe blanche et son chemisier rose) et enfin Albert, très sobre dans son polo blanc.

La porte de la maison s'ouvrit. Raymond et Charlotte s'avancèrent pour venir les accueillir au

* **Magnanime** : généreux, bon.

portillon, suivis d'une boule de poils qui se mit à japper et à courir dans tous les sens.

Charlotte leur fit passer le portillon, puis, regardant les deux enfants, dit :

– Mon Dieu qu'ils sont beaux ! Comment t'appelles-tu, petite fille ?

– Marion, dit Marion.

– Et toi, grand garçon ?

– Robin, dit Robin.

Charlotte embrassa tout le monde deux fois sur chaque joue, à la mode de Paris, puis elle se pencha vers Sirius.

– Et toi, gros vilain, comment t'appelles-tu ?

Sirius, peut-être vexé, baissa les oreilles, rebroussa le poil, ouvrit légèrement la gueule et fit entendre un sourd grondement, du genre grizzly à qui on a marché sur les pieds.

– Sirius ! dirent quatre voix en même temps.

– Ce n'est rien, ce n'est rien, dit Charlotte un peu pâle, on fera connaissance plus tard.

Pourtant, malgré ce préambule fâcheux, la soirée se

termina mieux qu'elle n'avait commencé. Charlotte était en effet une excellente cuisinière et une merveilleuse pâtissière, qui régala les enfants de profiteroles au chocolat, d'une glace au caramel, d'un sorbet au melon, de tartelettes aux framboises, de macarons, d'un gros mille-feuille à la nougatine, d'un paris-brest, d'un gâteau de Savoie fourré et, pour finir, d'une tarte aux noix (c'est trop ? bon d'accord, j'enlève le sorbet).

Pendant ce temps, dans le jardin, Nambo faisait faire à Sirius le tour du propriétaire :

« Tu vois, ça, c'est ma gamelle, et ça, c'est mon arbre préféré, et là, c'est l'endroit où j'aime à méditer, etc. »

Comme Albert l'avait prophétisé, Sirius se tenait à carreau, puisqu'il n'était pas chez lui, et Nambo n'était guère du genre à faire des histoires quand on venait piétiner son gazon, en admettant qu'il soit assez fatigué de la vie pour chercher des histoires au boxer. Si bien que, passés les premiers moments de gêne – car Sirius était un timide, dans le fond –, les deux chiens s'entendirent parfaitement et s'aperçurent qu'ils avaient des jugements convergents sur beaucoup de choses : l'agriculture biologique, le devenir de la Russie, la littérature anglaise, etc. Certes, ils n'étaient pas d'accord sur tout : l'un pratiquait le ski et l'autre le surf ; l'un aimait Brahms et l'autre Schumann ; l'un mangeait ses huîtres avec du vinaigre et l'autre avec du citron, mais ce n'étaient là que vétilles.

Quand vint le moment de se séparer, ils convinrent de se revoir, imitant en cela les humains, qui se quittèrent enchantés les uns des autres (à dire vrai, dans les jours qui suivirent, la patience d'Héloïse fut mise à rude épreuve, quand venait le moment du dessert et que les enfants soupiraient en mangeant leur yaourt ou leur compote en boîte).

Dans les jours qui suivirent (je sais, je l'ai déjà dit, mais je n'ai pas le temps de trouver mieux), Sirius tourna en rond, agité, nerveux, ayant l'air de s'ennuyer et d'attendre quelque chose ou quelqu'un.

Et puis, un beau matin, qui vit-il de l'autre côté du grillage ? Nambo. En effet, celui-ci était beaucoup moins surveillé que Sirius et il lui arrivait, de temps à autre, de sortir de son jardin à lui pour se promener dans la rue ou <u>dans les rues adjacentes*</u>. Mais Nambo était un vieux monsieur posé qui savait se garer des voitures, qui n'ennuyait personne et avait la sagesse de rentrer chez lui après un délai raisonnable.

Il avait donc, <u>depuis quelques jours</u>, tourné <u>autour de la maison</u> où il sentait que son nouvel ami était enfermé, pour trouver enfin le point faible de la cuirasse, à savoir le grillage, un peu négligé, qui délimitait le fond du jardin et par lequel, on s'en souvient, Sirius avait rendu visite à ses amies les poules.

Nambo s'assit sur son derrière et se mit à aboyer, de sa petite voix, en disant à peu près ceci : « Mon cher ami, comme vous devez vous ennuyer, tout seul dans ce grand jardin ! Venez donc avec moi ! Vous verrez comme le monde est grand, amusant et plein d'imprévus. »

Il ne croyait pas si bien dire !

Sirius, entendant la voix de la tentation, à laquelle il succomba à l'instant, se mit à longer le grillage

* **Adjacent(e)** : proche.

Ah ah ! Sacré Sirius ! Je sens (snif ! snif !) qu'il va quelque chose se passer, ou se passer quelque chose, comme tu voudras...

1 Mais, en attendant, range donc tes jouets... euh... les compléments circonstanciels soulignés au bon endroit. Merci.
Compléments circonstanciels de lieu : ......
Compléments circonstanciels de temps : ......

comme un furieux, cherchant un endroit par où il pourrait bien sortir. Il finit par s'arrêter devant le trou, réparé à la hâte, par lequel il était déjà sorti. La réparation aurait dû être provisoire mais, comme souvent, le provisoire avait duré, car Albert trouvait toujours autre chose à faire quand on lui rappelait qu'il fallait une remise en état définitive.

Sirius, qui pensait que la solution la plus simple était toujours la meilleure, se mit à gratter la terre meuble, sous le morceau du grillage rafistolé. En quelques minutes, un cratère s'élargit et, se glissant par le trou comme une couleuvre, Sirius se retrouva dehors, au bord de cette forêt d'où s'élevaient de si puissants et de si attirants arômes.

Mais son mentor* était plus un gars des villes, puisqu'il avait passé toute sa vie dans la capitale, qu'un gars des champs et des bois. C'est pourquoi il tourna le dos illico à la vaste forêt pour retourner vers le village où, selon sa philosophie de l'existence, il y avait infiniment plus de choses à voir et à faire.

Et c'est ainsi que, quelques minutes plus tard, on pouvait voir se promener dans les rues du village, bras dessus bras dessous, si l'on peut dire, nos deux compères : le petit Nambo devant, tout blanc, qui faisait les honneurs du village à son nouvel ami ; le grand Sirius derrière, dans sa belle livrée fauve, et qui, le nez en l'air, regardait d'un air étonné le spectacle, tout en écoutant le bichon faire le guide : « Mon cher, voici la boulangerie, pas grand-chose à en tirer, j'en ai peur ; et puis la boucherie, mais le boucher n'aime pas les chiens. Ah ! Plus intéressant, la charcuterie ; il y a parfois un petit quelque chose à gratter. Et puis là, dans cette maison, il y a une gentille dame qui a toujours un sucre pour une vieille bête un peu gourmande... Et... Ouh là, attention,

* **Mentor** : guide, conseiller.

je n'aime pas ça du tout… Sirius, mon ami, rapprochez-vous de moi, s'il vous plaît ! Sirius… ? Sirius… ! »

Mais Sirius était loin ; il se trouvait à l'autre bout de la place du village, occupé à laisser un souvenir sur chaque arbre de cette place, et Nambo, tout occupé à pérorer, ne s'en était pas aperçu. Par contre, ce qu'il voyait nettement, c'était l'arrivée des mauvais garçons du village, un molosse moitié berger allemand moitié beauceron et complètement braque, qui terrorisait tout le monde, entouré d'une cour d'admirateurs aussi déjantés que lui, un basset caniche, un griffon loulou et un terrier setter.

« Qu'est-ce que tu fais là, minus ? dit le berger beauceron braque, retourne chez maman ! »

« Bonjour, monsieur. Belle journée, n'est-ce pas ? » répondit poliment Nambo.

« Non, mauvaise journée pour toi, dit cet animal plein de rage, qui commença à montrer les crocs. Je vais te transformer en hamburger, j'aime pas ta tête ! »

Ce fut la dernière chose qu'il put dire. Arrivant

au galop du bout de l'horizon, une comète jaune percuta le b. b. b., qui roula les quatre fers en l'air. Le basset caniche, qui voulut se mêler de ce qui ne le regardait pas, se fit découper proprement une oreille et les deux autres jugèrent prudent d'aller voir ailleurs si on ne les appelait pas.

Mais, profitant de ce moment de répit, le b. b. b. revint à la charge. Sirius esquiva et, au moment où l'autre passait lourdement devant lui, sa gueule se referma sur une épaule, qu'il décousit sur dix centimètres.

À ce moment, la femme du boucher, que l'on peut donc appeler la bouchère, et qui nettoyait à grande eau son bout de trottoir, eut l'idée de jeter un seau d'eau sur les combattants, qui se séparèrent alors.

Héloïse reposa le combiné et soupira. C'était le trentième coup de téléphone. Il y avait eu les propriétaires des chiens, indignés, puis le boucher, puis les spectateurs du combat, qui venaient apporter leur témoignage, puis les amis, et les amis des amis, et les voisins, les amis des voisins, les voisins des amis. Tout le village était au courant, comme si un épisode de

Ouais ! Bien joué mon gars ! Bouffe-lui l'oreille ! Mords-z-y-l'œil ! Non ! Je rigole, ce n'est pas bien de se battre comme ça, mais bon, parfois, pour défendre les petits, fautskifaut ! Au fait, tu as peut-être, au détour d'une phrase, reconnu une citation d'une fable de La Fontaine... Tu ne connais pas ce monsieur de La Fontaine et tu n'as jamais entendu parler des fables ! Ça m'étonnerait...

❷ Alors voilà... redonne à chaque vers sa fable.

« Rien ne sert de courir ;
il faut partir à point » •

• *Le Loup
et l'Agneau*

« La raison du plus fort est
toujours la meilleure » •

• *Le Lièvre
et la Tortue*

« Eh bien ! dansez
maintenant » •

• *Le Corbeau
et le Renard*

« Vous êtes le phénix
des hôtes de ces bois » •

• *Le Chêne
et le Roseau*

« Tout vous est aquilon,
tout me semble zéphyr » •

• *La Cigale
et la Fourmi*

❸ Au fait, retrouve et recopie le morceau de vers cité dans le texte (page 113). De quelle fable (d'ailleurs dans la liste) est-il tiré ?

La Guerre des étoiles avait eu lieu dans les rues du village.

Elle alla regarder par la fenêtre. Sirius, solidement attaché, dormait, mis à plat par son combat. Albert n'était pas là, mais il ne perdait rien pour attendre, lui et son grillage. Quant aux enfants, heureusement, ils étaient en cours.

Le téléphone sonna. Héloïse soupira de nouveau et décrocha.

– Héloïse, c'est Charlotte. On vient de me raconter ce qui s'est passé. Mlle Germaine a tout vu. Elle allait chez le boucher acheter du mou pour ses chats, et elle a tout vu. Sans Sirius, Nambo aurait pu être blessé par ces horribles chiens, qui traînent toute la journée dans les rues. Tu as un chien merveilleux !

Dix minutes plus tard, Héloïse était dans la boucherie.

– Bonjour madame, dit le boucher ; je me suis permis de vous téléphoner parce que…

– Je sais, coupa Héloïse (et il est très difficile de couper un boucher, c'est connu), ce n'est pas pour cela que je suis venue. Je voudrais trois kilos de bifteck, du meilleur, c'est pour mon chien.

Et elle dit cela d'un tel ton que le boucher se tut et partit chercher les trois kilos de bifteck dans sa chambre froide.

Épilogue

Et c'est ainsi, sur ce coup d'éclat, que se terminent, provisoirement, les aventures de Sirius, le preux chevalier boxer, toujours prêt à défendre la veuve, l'orphelin, et les petits chiens – en tout cas les petits chiens qui ne viennent pas se promener dans son jardin.

Outre les trois kilos de bifteck premier choix dont il a été question plus haut, le boxer reçut les félicitations de toute la famille. Oui, oui, vous avez bien lu (pour une fois… !), les félicitations de TOUTE la famille : Marion bien sûr, mais aussi Robin, qui raconta plusieurs fois l'aventure à ses copains, agrémentée de quelques détails supplémentaires (la bataille entre Sirius et six chiens grands comme ça, qui avait duré deux ou trois heures, etc.), Héloïse…

ET Albert.

Celui-ci, menacé des pires représailles, avait, dès son retour du bureau, téléphoné à une demi-douzaine de poseurs de grillage qui lui assurèrent qu'ils viendraient au plus tôt, c'est-à-dire avant six mois. Il avait donc couru chez un marchand de grillage et, au prix d'un effort surhumain, avait remplacé lui-même le morceau défaillant.

Puis, tout fier, comme s'il avait construit la Grande Muraille de Chine à lui tout seul, il alla délivrer le malheureux prisonnier et rentra avec lui dans la maison.

Sous les regards ébahis de l'assemblée, il prit le boxer dans ses bras et lui dit :

– Au fond, nous nous ressemblons beaucoup tous les deux, mon chien. Quand on nous cherche, on nous trouve. D'ailleurs, je savais que tu avais l'étoffe des héros !

(Moi aussi !)

FIN

VOCABULAIRE ET ORTHOGRAPHE

 Homonymes : mots qui se prononcent (homophones) ou qui s'écrivent (homographes) de la même façon, mais dont le sens est différent.
Ex. : vert, vers, verre, ver... – sot, seau, sceau, saut... – court, cour, cours... – nez, naît, n'est...
Attention surtout aux homophones grammaticaux : a, à – son, sont – ses, c'est, ces, sait – ou, où, etc. qui sont la cause de nombreuses fautes.

Synonymes : mots de forme différente mais de même sens, ou de sens proche.
Ex. : casser, rompre, briser.

Antonymes : mots de sens contraire.
Ex. : petit / grand ; proche / lointain ; triste / gai.

 Polysémie

Certains mots n'ont qu'un seul sens. D'autres, au contraire, ont des sens différents selon leur **contexte** (la phrase, le passage dans lequel ils sont insérés).
Ainsi, le mot « truffe » dans les phrases suivantes est polysémique :
– La truffe du chien, son nez, est très sensible.
– Une bonne odeur d'omelette aux truffes flottait dans l'air.

GRAMMAIRE

 Types et formes de phrases

Il existe quatre types de phrases.

- **La phrase déclarative :** *Le boxer est un chien très affectueux.*
- **La phrase interrogative :** *A-t-il vraiment mangé tout le dictionnaire ?*
- **La phrase impérative :** *Courez !*

• La phrase exclamative : *Quelle histoire !*
Chacun de ces types de phrases se caractérise, à l'oral, par une intonation particulière et, à l'écrit, par un signe de ponctuation particulier : point, point d'interrogation, point d'exclamation.

On peut distinguer quatre formes de phrases.

- **La phrase affirmative :** *Sirius aime les petits chiens.*
- **La phrase négative :** *Sirius n'aime pas les petits chiens.*
- **La phrase active :** *Sirius poursuivait les poules.*
- **La phrase passive :** *Les poules étaient poursuivies par Sirius.*

 Actif et passif

• À l'actif, le sujet « fait » l'action que le verbe exprime.
Sirius dévora une vieille poule, Paulette.

• Au passif, c'est le complément du verbe passif (ou complément d'agent) qui assume ce rôle.
Une vieille poule, Paulette, fut dévorée par Sirius.

En passant de l'actif au passif, on veillera à bien conserver le même temps verbal :
« *dévora* » (passé simple) → « *fut dévorée* » (passé simple passif).

Attention également à l'accord du participe passé *(« dévorée »).*

 Compléments circonstanciels et compléments essentiels

Les **compléments circonstanciels** sont déplaçables et supprimables. Dans la phrase, <u>*Ce jour-là, sur la place du village,*</u> *on assista à un plaisant spectacle,* les compléments circonstanciels de temps « ce jour-là » et de lieu « sur la place du village » peuvent être déplacés sans que le sens de la phrase change.
<u>*Ce jour-là,*</u> *on assista* <u>*sur la place du village*</u> *à un plaisant spectacle.*
Si on les supprime, la phrase garde malgré tout un sens.
On assista à un plaisant spectacle.
Il existe des compléments circonstanciels de lieu, de temps, de moyen, de manière, d'accompagnement, de condition, de cause, de conséquence, de comparaison, d'opposition...

À l'inverse, les **compléments essentiels**, comme leur nom l'indique, ne peuvent être ni déplacés, ni supprimés. La phrase « on assista » n'a aucun sens.

On distingue :

• Les compléments d'objet : complément d'objet direct (C.O.D.), complément d'objet indirect (C.O.I.), complément d'objet second (C.O.S.).

• Les compléments essentiels
– de lieu : *il courut vers sa niche.*
– de temps : *la chasse aux poules dura plusieurs minutes.*
– de prix : *la laisse de Sirius avait coûté 16 euros.*
– de mesure : *un boxer adulte pèse 25 kilos.*

6 | Les déterminants

Dans la phrase, le nom commun est le plus souvent précédé d'un déterminant.

On distingue :

• Les **déterminants articles** :
– articles définis : le, la, les.
– article défini élidé : l'.
– articles définis contractés : au, aux, du, des.
– articles indéfinis : un, une, des.
– articles partitifs : du, de la, des.

• Les **déterminants possessifs** : mon, ton, son, ma, ta, sa, mes, tes, ses, nos, vos, leur, notre, votre, leurs.

• Les **déterminants démonstratifs** : ce, cette, ces, parfois renforcés par « -ci, -là ».

• Les **déterminants indéfinis** : pas un, aucun – certain, quelque – plusieurs, quelques – tout...

• Les **déterminants numéraux cardinaux** : un, deux, trois, vingt, soixante, cent...

• Les **déterminants interrogatifs et exclamatifs** : quel, quelle, quels...

7 Apposition, épithète, attribut

L'**apposition** est un type de construction. Il y a apposition quand un nom, un groupe nominal ou un adjectif, est séparé du nom qu'il accompagne par une virgule.
Sirius, <u>victorieux</u> mais <u>épuisé</u>, resta étendu toute la journée.
La voisine, <u>professeur de piano</u>, adorait les chats et les poules.

Un adjectif, ou un nom, est **épithète** quand il est lié au nom qu'il qualifie.
Les <u>gentils</u> chiots couraient autour du <u>grand</u> panier.

L'**attribut** est relié au nom qu'il accompagne par un verbe attributif, le plus souvent un verbe d'état comme « être, paraître, sembler, devenir, avoir l'air... ». Mais d'autres verbes peuvent être des verbes attributifs : « Il marchait heureux et décidé ». L'attribut peut être un nom, un groupe nominal, un adjectif, une subordonnée conjonctive...
Nambo était <u>un vieux monsieur</u> (groupe nominal).
Le propriétaire du caniche avait l'air <u>effrayé</u> (adjectif).
L'important était <u>qu'Albert puisse enfin dormir</u> (subordonnée conjonctive).

Attention à la confusion entre l'attribut et le C.O.D. D'une part, on se souviendra qu'un adjectif n'est jamais C.O.D. ! Ensuite, que l'attribut entretient un rapport d'identité avec le sujet.
Nambo était <u>un vieux monsieur</u> (Nambo = vieux monsieur).

DISCOURS

8 Les niveaux de langue

Il existe trois niveaux de langue : familier, courant, soutenu.

Chacun de ces niveaux de langue se distingue par l'emploi d'un vocabulaire particulier, ou par une organisation différente de la phrase. L'exemple le plus souvent cité est celui de l'interrogation :
• familier : *Tu viens ?*
• courant : *Est-ce que tu viens ?*
• soutenu : *Viens-tu ?*

Bien entendu, le niveau de langue varie en fonction de la personne qui parle, et surtout de la personne à laquelle on s'adresse, à l'écrit comme à l'oral. On n'écrira pas la même lettre à un(e) camarade de classe ou à un adulte ; on ne s'adressera pas de la même façon à un(e) ami(e) ou au maître (à la maîtresse) !

 Le narrateur

Un récit peut être raconté à la troisième personne (par un narrateur externe) ou à la première personne (par un narrateur interne).
On peut vous demander, à partir d'un texte, de changer de narrateur :
• **Narrateur externe :**
« *Sirius sauta sur le caniche mais le manqua, car le maître du caniche avait eu la bonne idée de lui faire faire un tour dans les airs...* »
• **Narrateur interne :**
« *Je sautai sur le caniche mais je le manquai car le maître du caniche avait eu la mauvaise idée de lui faire faire un tour dans les airs...* »

CONJUGAISON (TEMPS ET MODES)

Il existe quatre modes personnels :
• l'indicatif, le conditionnel, le subjonctif et l'impératif ;
et trois modes impersonnels :
• l'infinitif, le participe et le gérondif.

 Modes personnels

• L'indicatif a huit temps : quatre temps simples (présent, imparfait, futur, passé simple) et quatre temps composés (passé composé, plus-que-parfait, futur antérieur, passé antérieur).

Les temps composés sont formés à partir des formes conjuguées des auxiliaires « être » et « avoir » plus le participe passé.

Temps simples		Temps composés	
Présent	*je viens*	Passé composé	*je suis venu(e)*
Imparfait	*tu mangeais*	Plus-que-parfait	*tu avais mangé*
Futur	*nous partirons*	Futur antérieur	*nous serons partis*
Passé simple	*il chanta*	Passé antérieur	*il eut chanté*

• Le subjonctif a quatre temps : deux temps simples et deux temps composés.

Temps simples		Temps composés	
Présent	*(que) je prenne*	Passé composé	*(que) j'aie pris*
Imparfait	*(qu') il prît*	Plus-que-parfait	*(qu') il eût pris*

• Le conditionnel a deux temps : un temps simple et un temps composé.

Temps simple		Temps composé	
Présent	*je prendrais*	Passé composé	*j'aurais pris*

• L'impératif a deux temps : un temps simple et un temps composé.

Temps simple		Temps composé	
Présent	*Rentrons*	Passé composé	*Soyons rentrés*

Modes impersonnels

• Le participe a deux temps : le participe passé (*chanté, fini, parti, voulu,* etc.) et le participe présent (*chantant, finissant, partant, voulant,* etc.).

• Le gérondif (*en chantant, en finissant, en partant, en voulant,* etc.) est formé de « en » plus le participe présent.

• L'infinitif a deux temps : le présent (*chanter, finir, partir, vouloir,* etc.) et le passé (*avoir chanté, avoir fini, être parti, avoir voulu,* etc.).